작전명
하트브레이크

OPERATION HEARTBREAK

♥오탈자, 번역 수정에 관한 제안은 arahanbook@naver.com으로 보내주시면 검토 후 반영하겠습니다.

OPERATION HEARTBREAK

작전명

하트브레이크

더프 쿠퍼 지음
정탄 옮김

아라한

CONTENT

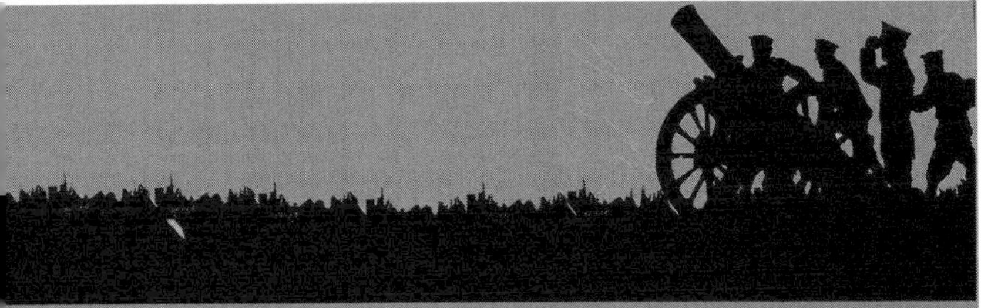

프롤로그

　수도에서 해안까지는 먼 길이어서 그들은 이날 아침 아주 일찍 출발해야 했다. 떠날 때는 쌀쌀했지만 아직 한낮이 되지 않았는데도 어느 새 차를 타고 있는 세 사람은 더위에 고생하고 있었다.

　무관은 더 적극적인 활동을 할 수 없게 만든 부상까지 겹쳐 있었다. 여전히 그 부상은 번번이 예리한 통증을 일으켰다. 아프다고 말하면 동정과 관용을 얻을 수 있음에도 불구하고 그는 그것이 남자답지 못하다고 생각했다. 차라리 부하를 괴롭히고 동기들을 함부로 대하고 상급자에겐 거들먹거리는 것으로 자신의 비참한 기분을 푸는 쪽이었다. 그는 새로 배정받은 근무지에 도착한지 얼마 되지 않았고 업무를 파악하는데 시간을 낭비할까봐 초조해하고 있었다. 그렇다 보니 좋아한 적이 없는 동료장교의 장례식에 참석하느라 무더운 하루를 통째로 날려야한다는 것에 부아가 치밀었다.

군종신부도 불행하기는 매한가지였다. 수년 동안 거주하면서 이 지역의 관습에 익숙해져 있었는데, 여기에는 무더운 날에 험한 도로로 장시간 운전하는 것은 포함되어 있지 않았다. 그는 최근에 부쩍 살이 쪘고 이것이 후회스럽긴 하지만 그렇다고 앞으로 몇 시간 동안 감당해야 하는 방식으로 살을 빼고 싶지는 않았다. 장례를 주관할 때 옷깃이 어떤 상태에 있을지 궁금해지기 시작했다. 그가 어떻게 보이는지 또 어떻게 말하는지가 그리 중요해서가 아니었다. 두 동료를 제외하고는 두 번 다시 만날 사람이 없거니와 그가 장례식에서 하는 말을 단 한마디라도 알아듣는 사람이 없을 거라는 생각을 하자 씁쓸했다.

세 번째 동승자는 이 하루의 외출을 고대해왔던 터라 즐기기로 마음먹고 있었다. 이 무관 보좌관은 아주 젊은 장교였고 건강상의 이유로 건조한 기후에서 효험을 볼까 해서 해외 파견에 지원한 경우였다. 그는 두 상급자들이 점점 불편해하는 것을 눈치 챘는데. 이것은 그에게 꽤나 큰 즐거움을 주었다.

"날이 점점 좋아지고 더워지고 있습니다." 그가 쾌활하게 말하는 동안 군종신부는 세 번째로 이마를 닦아내고 있었다. "어디에 잠깐 들러서 목을 축이는 게 어떻겠습니까?"

군종신부와 무관은 주저했다. 서로 반대 의견을 내기로 결심했기 때문에 상대가 먼저 말해주기를 기다렸다.

마침내 무관이 말했다.

"이 놈의 나라에는 마실 만한 것도 없어. 괜찮은 술집 하나 없다니까."

군종신부가 입술을 오물거렸다.

"시원한 물 한잔이면 기분전환이 되겠는 걸."

"장티푸스에 걸리기에도 가장 시원한 방법이겠군." 무관이 퉁명스럽게 말했다.

"이 지역의 물은 아주 깨끗해." 군종신부가 말했다. "내 말을 못 믿겠으면 탄산수를 마시면 되겠네."

"에이, 다른 걸 주문해야지." 무관이 말했다. "삐까번쩍 커다란 영국 대사관 차가 초라한 여인숙 같은 곳 밖에 멈춰 서고, 쫙 빼 입은 세 남자가 뛰어내려서는 여인숙을 위한답 시고 시원한 물 세잔을 달라고 해봐. 명심하쇼, 여기 사람 들은 중립국 국민입니다. 이들이 계속 그렇게 남아있었으면 하는 게 우리 바람이지 이 나라 전체를 적군 속으로 몰아넣 는 게 아니란 말이오. 상상력을 사용해 봐요, 신부님. 그런 게 있기는 한지 모르겠지만."

무관 보좌관은 이 반박을 조건부 승인으로 받아들여도 좋다고 생각했다.

"운전병에게 다음 괜찮아 보이는 곳에서 세우라고 해도 되겠습니까? 혹시 위스키소다 괜찮으시면 제 호주머니에 위스키 한 병이 들어 있습니다. 소다수는 쉽게 얻을 수 있습니다. 개인적으로는 이 지역의 포도주를 좋아합니다만."

이쯤에서 위스키소다는 이 지상에서 무관이 가장 원하는 것이 됐다. 그러나 무관이 한 말은 이게 다였다.

"아주 좋아. 자네 원하는 대로 해."

몇 분 후에 세 남자는 커다란 나무의 시원한 그늘에 앉아서 앞에 유리병 두 개, 물주전자 한 개, 얼음 그릇 한 개를 놓아두고 있었다. 두 명에 비해 이 지역 언어에 더 능통한 무관 보좌관은 슬그머니 이 연회의 주최자 역할을 맡았다. 그는 우선 무관의 잔에 위스키를 채운 다음 탄산수를 부었

다. 무관은 너무 독하다고 생각했지만 그것이 필요하다고 느꼈다. 통증이 있었고 그런 내색을 보이지 않기로 결심한 터였다. 여정의 나머지는 잠을 청할 수 있을 것이고 여정의 끝에서 해야 할 일이라고는 똑바로 부동자세를 취하는 것뿐이었다.

무관 보좌관은 자기 잔에 포도주를 따른 후 군종신부가 자신의 시원한 물 잔을 기운 없이 응시하고 있는 모습을 보았다. 무관 보좌관은 그 물 잔 쪽으로 몸을 기울이고 거기에 위스키를 부었고, 작은 소리로 항변하는 군종신부의 말에 이렇게 응수했다.

"자자, 신부님. 이거 좋아하시잖습니까. 더구나 해밀턴 대령님의 말처럼 이렇게 마시면 그 지독한 장티푸스균을 죽일 수 있습니다."

군종신부는 그 말에 설득되기로 했다. 무관 보좌관은 자신의 손목시계를 쳐다봤다.

"시간은 충분합니다. 최소 15분은 쉴 수 있겠습니다."

거기 앉아 있자니 평화가 찾아왔다. 신속함에 이은 정지, 햇빛에 이은 그늘. 초조와 적의가 사라졌다. 이 분위기를 감지한 무관 보좌관은 궁금했던 것을 질문하기에 지금이 적기라고 생각했다.

"우리가 참석하려는 장례식, 이게 이상합니다." 그는 에라 모르겠다는 심정으로 말했다.

"자네가 생각하는 것보다 훨씬 더 이상하지."

해밀턴 대령이 위스키를 한 모금 마시고 말했다.

"그 분은 대령님의 연대 소속이지 않았습니까?"

"그런 것 같군. 육군 장교 명부에 그런 이름은 없어."

"바로 얼마 전에 진급했군요?"

"자네 지금 이틀 전에 내가 보낸 전보를 떠올리고 있나 보군. 무덤에 비석을 세울 거라면 계급을 제대로 적는 게 낫다고 생각했네. 그는 한 달 전에 대위였고, 여섯 번의 진급심사에서 미끄러진 친구였지. 그는 실직 중이었는데, 내가 생각하기에 일자리를 얻을 가능성은 거의 없었어. 내가 보낸 전보에 육군성의 답신이 뭐였는지 자네도 봤으니 알 거야. '계급을 대령으로 바로잡도록.'"

"조금 이상해 보입니다."

"엄청나게 이상하지."

"혹시 비밀 정보국에서 일한 게 아닐까요?"

"아니, 그럴 리 없어. 나는 비밀 정보국에 대해선 잘 모르고, 자네도 그쪽 얘기는 안 할수록 좋을 거야. 그쪽에서 가끔 실수를 하긴 하지만, 그렇다고 그 친구를 쓸 정도로 멍청하진 않을 걸."

"시신에서 발견된 우편물은 어떻게 된 겁니까? 뜯어보지 않고 대사관으로 보낸 걸 보면 이쪽 사람들이 꽤나 괜찮아 보입니다."

"뜯어보지 않았다는 걸 어떻게 아나?"

"봉인이 그대로 있었습니다."

무관 보좌관은 자신 있게 말했다.

"그걸로 증명되는 건 없어." 무관이 부루퉁하게 말했다. "히지만 런던(정보국)에 있는 사람들은 알고 있을 거야."

"그 분은 좋은 장교였습니까?"

"나는 절대 그렇게 생각하지 않아. 내가 높게 평가할 만한 그런 친구는 아니지. 하지만 그 친구한테 악의 같은 건 없었을 거야. 데 모르투이스 닐 니시 보눔(De mortuis nil nisi bonum, 망자에 대해서 좋은 말이 아니면 하지 말라) 내가 말을 너무 많이 하는 군. 출발해야겠어. 저 망할 성직자는 곯아떨어졌네. 깨워서 출발하자고."

실제 민스미트 작전에서 시신이 떠밀려간 우엘바 해안(스페인 남서부 안달루시아 자치지역의
카디스만 해안가)

제1장

윌리 메링턴보다 친인척이 적은 사람은 없었다. 아버지도 어머니도 형제자매도 없이 혈혈단신이었다. 그의 어머니는 1900년 1월 1일 그를 낳다가 숨졌고, 직업 군인이었던 아버지는 1914년 9월 빌레 코트레(Villers Cotterets)에서 전사했다. 어린 시절의 윌리는 아버지의 근무지를 따라 잦은 이사를 하면서 여러 군 기지에서 보냈다. 그는 아버지가 근무하는 기병대에 마음을 두고 있었다. 이 꼬맹이는 기병대를 둘러싼 화려한 매력이 자기가 선망해온 백인대의 일부라는 것을 심지어 곧 있을 전쟁에서 기병대는 그저 보조적인 역할만 수행할 운명이라는 것을 모르고 있었다.

윌리는 전쟁이 발발한 1914년 공립학교에 다니고 있었다. 며칠에 걸쳐 무모한 계획을 세웠는데, 도망쳐서 북치는 소년으로 군에 입대한다는 것이었다. 그러나 아버지의 전사 소식(사망 후 한참이 지나서 도착한 소식)을 들은 윌리는 구슬피 우는 것은 물론 그 슬픔의 결과 계획을 변경했다. 최대한 빨리 임관할 수 있는 자격을 갖추는데 모든 능력을 집중하기로 한 것이다. 그 결과 놀이터보다는 장교 훈련소가 윌리에겐 더 매력적인 곳이 됐고, 천성적으로 공부에 소질이 없었음에도 불구하고 단지 군사 반에 들어갔다는 이유 하나만으로 분발하여 부족한 능력을 보완하는데 엄청난 노력을 기울였다.

윌리의 아버지는 동료 장교를 아들의 후견인으로 지정했고, 그 후견인마저 후임자를 선택하지 못한 채 사망하자 고인의 아내가 휴일마다 윌리를 돌보는 책임을 떠안았다. 남편을 잃은 상실감, 아이들 양육 그밖에 전시의 온갖 어려움은 여러모로 훌륭한 면모를 지닌 이 중년 여성을 비참한 굴레에 빠뜨렸다. 그녀가 삶을 살아가는데 남은 단 하나의 원칙, 그것은 자신이 맡은 책임을 다하겠다는 결심이었다. 그녀는 한 장교의 아내이자 한 아버지의 딸이었다. 봉사라는 고결한 생각은 그녀의 성품을 이루는 토대였다. 그녀에겐 세 자녀가 있었다. 윌리보다 세 살 많은 장남 가닛은 좀 더 저렴한 공립학교를 거쳐 왕립육군의무대에 입대할 운명이었다. 막내딸은 남편이 소위로 진급하는 날 태어났으니 행운을 가져다주는 아이였다.

살림형편은 궁핍했다. 비축한 돈은 거의 없었고 오즈번 부인은 아끼는 습관이 몸에 밴 여느 사람들처럼 절약하라는 정부의 훈령을 열렬히 따랐고, 1실링을 아낄 때마다 개인적인 기쁨은 물론 공적인 임무를 이행했다는 만족의 전율까지 느끼곤 했다.

윌리는 이 집안에 부담을 주지 않았다. 그의 아버지와 어머니는 각각 수입이 있었고 윌리는 적당한 시기가 되면 연 2천 파운드에서 3천 파운드 사이를 받게 될 예정이었다. 윌리가 한 번도 본 적 없는 변호사들이 학교 수업료를 지불했고 오즈번 부인에게는 글자그대로 휴일 동안의 숙식비를 지불했다. 오즈번 부인은 돈이 어떻게 쓰이는지 꼼꼼하게 장부를 기록했고 이 아마추어 회계까지 관심사에 추가됨으로써 그녀의 이마에 난 주름의 골을 깊게 만들고 아름다운 눈에서 생기를 고갈시켰다. 윌리도 변호사들도 그녀가 작성한 장부를 보지 않았지만 그녀는 장부 작성이 자신의 의무라고 생각했다. 일단 의무라고 생각하면 그녀는 무슨 일이든 했다. 의무는 올더샷과 캠벌리 중간에 자리 잡은 이 아담한 집의 가훈이었다. 이 집에서 일어나는 단 하나의 문제는 의무가 어디에 있는지 알아내는 것이다. 일단 알아내면 나머지는 간단했다.

그러나 이 집안에는 엄격함의 습관에도 의무의 부름에도 시큰둥한 식구가 한 명 있었다. 범죄자 상당수가 성직자의 아이들이라는 가설이 사실이라면, 장교 집안의 군대식 전통에 반기를 든 반항아를 찾아내는 것도 쉬운 일이다. 심지어 장성급 군 고위직의 자녀들이 반전주의자인 경우도 심심찮게 나온다. 오즈번 부인의 차남인 호레이쇼는 썩 진지하지도 않고 썩 멍청하지도 않은 반전론자였다. 그는 이 세상이 거대한 놀이공원으로 보이는 행운아 중에 한 명이었고 자기 혼자 즐기려는 사람들을 방해하려는 자들을 제외하면 어느 누구도 싫어하지 않았다. 호리(호레이쇼)가 보기에 이 불쾌한 부류에 분명히 군인이 포함되어 있었다. 그는 어린 시절에 군 병영 주변에서 놀았고 부사관들이 사병에게 말하는 방식을 들어왔는데, 그게 싫었다. 장교들 앞에서 근무태만자들을 행진시키는 광경도 본 적이 있다. 태만, 지저분한 군복, 시간 미준수, 과음, 무단이탈 등에 대답해야 하는 장병들을 보면서 그는 그들이 자기의 친구라고 느꼈다. 한번은 훈련조교가 신병에게 이렇게 소리치는 걸 들었다.

"얼굴에서 웃음기 빼라."

이 일은 호레이쇼의 어린 마음에 깊은 인상을 남겨놓았다. 나중에 그는 이 말을 인용하여 군국주의에 대한 그의 증오심을 정당화하곤 했다. 그 어떤 체제건 웃음을 막는 것은 저주받아야한다고 말이다. 호리의 태도에는 혁명적인 어떤 것도 없었다. 그저 군인들이 학교교사들처럼—그들 나름으로는 아주 훌륭하다는 건 분명하지만—즐기고 싶은 자기 같은 사람들에겐 태생적인 적이라고 느낄 뿐이었다.

호리는 가넷보다는 어리고 윌리보다는 형이었다. 윌리는 또래 소년들이 바로 위 연장자들에게 품기 마련인 존경심을 가지고 호리와 가넷을 좋아했고 존경했다. 두 형도 윌리를 좋아했다. 모두가 그랬다. 그가 정확히 알아채지는 못해도 호리와 가닛은 윌리가 받게 될 재산과 그것이 가져다 줄 독립에도 깊은 인상을 받고 있었다. 가닛은 어렴풋이 부자 친구가 있으면 자기의 경력에 도움이 될지 모른다고 생각했다. 호리는 윌리가 그 돈으로 얼마나 멋진 시간을 보낼까 생각했고 이따금씩 혹시 그 돈을 나눠가질 수 있지 않을까 희망을 품기도 했다.

윌리는 가닛이 의무대를 선택한 것에 계속 신경이 쓰였다. 그가 이해하기 어려운 것은 왜 가닛처럼 크고 힘센, 그러니까 자기는 죽었다 깨어나도 그보다 크거나 힘이 세질 수 없을 정도에다 학교를 대표하는 풋볼 선수이자 권투 경기에서 우승하는 가닛이 왜 실전에 투입되지 않는 병과로 입대하려는가였다.

"말해야겠어." 윌리는 어느 날 가닛에게 아주 큰 용기를 내서 말했다. "내가 형이 하는 일을 시시하게 생각한다는 거. 후방 저 멀리에 짱박혀서 늘 부족한 마취제를 사용해 병사들의 다리나 자르잖아."

가닛을 도발하기는 어려웠다. 자신의 힘을 잘 알고 자신의 지혜에 만족해하는 가닛을 놀리는 것은 커다란 세인트 버나드를 놀리는 것과 비슷했다. 그는 윌리를 부드럽게 경멸하는 눈빛으로 쳐다보았다.

"후방에 짱박혀서!" 그는 윌리의 말을 따라했다. "너는 그것밖에 모르는 거구나. 육군에서 빅토리아 십자훈장을 두 번 받을 있는 군인은 의무장교 밖에 없다는 걸 알면 놀라 까무러치겠네."

이 말은 윌리에게 금시초문이었지만 들은 대로 받아들이지 않았다. 물론 윌리도 이미 논쟁의 기본 전제부터 뒤집어져버렸다는 것을 느끼긴 했지만.

"그렇구나. 하지만 훈장은 다 운발이야." 윌리는 조금 당황하면서 말했다. 아버지한테 몇 번 들었을 법한 말로 둘러대면서. "그러니까 내 말은," 태세도 전환했다. "의사랑 군인은 다르다는 거야. 나라면 진심으로 하나만 선택할 거야."

"정말?" 가닛은 차분하게 대꾸했다. "글쎄. 나라면 진심으로 둘 다 선택하겠는 걸."

이것으로 대화는 끝이 난 것 같았지만 가닛은 할 말이 없어진 윌리가 주눅이 들고 풀이 죽어있는 모습을 보자 살갑게 덧붙였다.

"그리고 미래를 생각해야지. 군대에서 더 이상 네가 필요 없다고 하는 날이 올 거야. 연금을 주면서 차갑게 내쫓을 건데, 아내가 생기고 꼬맹이들까지 생기면 그 연금으로는 살지 못해. 너한테는 문제가 아닐 수도 있어. 너는 어차피 네가 가지고 있는 돈이 많을 테니까. 하지만 많은 군인들은 제대 후에 제대로 살 수 없다는 걸 알게 되지만 먹고 살기 위해서 어떻게 해야 할지 막막해진다고. 그런데 의무대 장교는 평생 동안 할 수 있는 멋진 직업 중에 하나거든. 풍부한 경험을 쌓고 여러 지역을 두루 다니면서 유쾌하고 유익한 시간도 보내지. 그러다가 근사한 지역에서 개업을 하고 정착해서 행복한 노년을 보낸단 이거야. 그러나 적과 싸우는 것 밖에 배우지 못한 군인들은 골프 클럽의 사무원이 되려고 애쓴다고. 설령 사무원이 되는데 성공

해도 나중에 회계 처리를 잘못해서 공금횡령으로 교도소에 가기 십상이야."

이것은 가닛에게는 긴 연설이었으나 많이 생각해오던 문제이기도 했다. 한편 윌리는 자기가 원하지 않는데 군대를 떠나야 하는 새로운 가능성을 계속 생각하고 있었다. 지금까지는 군인은 죽을 때까지 군인이라고 믿어왔던 것이다. 가닛이 계속 말했다.

"있잖아, 윌리, 내 할아버지는 왕립육군의무대에 근무하셨어. 아주 멋진 분이셨지. 내가 듣기론 할아버지는 인도에서 인기 있는 분이셨대. 인도 전국에서 모르는 사람이 없었다. 인도 사람들이 할아버지를 벵골의 구조자라고 불렀다고."

가닛이 웃었다.

윌리도 웃었지만 그 이유는 몰랐다. 가닛 할아버지의 변명이 윌리에게는 아주 근사하게 들렸다. 뭐랄까, 조지 앨프레드 헨티(영국의 소설가이자 종군기자—옮긴이)의 소설 제목 같다고 할까. 하지만 가닛이 웃는 걸 보면 재미있는 얘기가 분명했다. 가닛은 쉽게 웃지 않기 때문이었다. 윌리는 그것이 왠지 안 좋은 뜻은 아닐까 궁금했다. 윌리가 이해하지 못하는 대부분은 그랬다. 그러나 가닛은 호리와는 달라서 못된 것으로 즐거워하지 않았다.

윌리는 그 문제를 호리와는 다른 가닛에 대한 믿음으로 해결했다. 산부인과의 농담은 설명이 돼지만, 윌리는 그것이 재밌다고 생각하지 않았다. 그리고 윌리가 호리에게 그렇게 늦지 않았는데 군대를 떠나야한다는 말이 무슨 뜻이냐고 물었을 때 호리는 이렇게 대답했다.

"이봐, 꼬맹이 윌리(이 별명은 당시 영국인들에게 독일 왕세자를 의미했기 때문에 고약한 것이었다), 군대의 문제는 나를 얼마나 오랫동안 붙잡아두느냐가 아니라 나를 어떻게 자기들 손아귀에 넣을까 하는 거야. 그게 바로 전쟁성이 늘 걱정하고 프랑스 장군들이 밤에 잠을 못자는 이유지. 군대가 호리 오즈번을 장교로 임관시키려면 이 전쟁을 트로이 전쟁만큼 오래 끌어야 하거든."

"장교!" 윌리는 소리쳤다. "하지만 형은 장교가 되고 싶은 게 아니잖아?"

"아니지." 호리가 말했다.

"그러면 뭐가 될 수 있겠어?" 윌리가 물었다. "변호사 아니면 외교부에서 일하는 거? 형은 의사나 목사는 당연히 싫어할 테니까, 안 그래?"

"이 세상엔 직업이 쌔고 쌨단다, 꼬맹이 윌리야." 호리는 심오한 표정을 짓고 말했다. "너의 철학 속에서 꿈을 꾸는 것보다."

이렇게 윌리와 호리의 대화도 끝이 났다. 가닛과의 대화에서처럼 윌리가 이해하지 못하는 말과 함께.

빅토리아 십자훈장

제2장

전쟁이 계속됐고 소년들은 자랐다. 윌리는 가장 빠른 기회를 잡고 샌드허스트(영국 육군사관학교 소재지—옮긴이)에 입성했다. 그가 도착한 때가 1917년 8월, 공교롭게도 9개월이었던 훈련과정이 12개월로 연장되는 시점이었다. 이것은 윌리에게 잔인한 한방이었다. 그것은 석 달을 더 전선에서 떨어져 있어야 한다는 의미였다. 차라리 수료 기간이 4개월 내지 6개월에 불과한 임시장교 훈련단에 들어갈까도 진지하게 생각했다. 그러나 그것은 종전 이후 정식 임관하는데 방해가 될지 몰랐고 아버지가 샌드허스트 출신이라는 점도 지금 후회하고 있는 결정을 고수하게 만들었다.

윌리는 샌드허스트에서 근면함과 임무에 대한 헌신을 제외하고 그리 두각을 나타내지 못했다.

그는 큰 열정을 가지고 임하는 승마의 기회를 거의 갖지 못했다. 그는 훌륭한 기병은 되지 못했지만 두려움을 몰랐다. 그의 빈번한 낙마 횟수는 전설이 되었다. 임무와 놀이를 열성적으로 즐기는데다 너그럽고 선한 성품과 정직한 겸손까지 더해져서 윌리는 동기 후보생도 중에서 최고의 인기남이었다. 돈이 많고 그것을 쓰는데 주저하지 않는다는 점도 그의 진정한 매력에 약간의 촉진제가 되긴 했을 것이다.

그는 그해를 즐겁게 보냈다. 한 소년이 난생처음으로 남자의 독립심을 느끼고 일일이 허락이나 설명을 요구받지 않고 자신을 위해 스스로 결정하는 것보다 더 귀중한 순간들은 없다.

딱 한 가지 걱정이 윌리의 행복을 방해했고 심지어 동료들의 기쁨과 슬픔을 진심으로 함께 나누는 것마저 어렵게 만들었다. 1917년 가을 영국군의 승리를 축하하는 교회 종의 타종 명령이 떨어졌을 때 윌리의 마음에는 기쁨이 느껴지지 않았다. 이듬해 봄, 프랑스군과 영국군이 퇴각을 하다가 참패했다는 소식에 윌리는 남몰래 만족의 전율을 억눌렀다. 영국의 패전 가능성은 윌리의 계산에 들어 있지 않았다. 한 동료가 그럴 여지가 있다고 에둘러 말했을 때 윌리는 화를 내기는커녕 제정신이 아닌 사람을 보듯이 그 동료 후보생을 그 어느 때보다 관대하고 측은하게 대했다.

윌리가 두려워한 것은 패전이 아니라 그가 해협을 건너기도 전에 전쟁이 끝나는 것이었다. 이상한 감정은 아니었다. 네 번의 인생 형성기 동안 윌리는 오로지 하나의 열망을 품어왔다. 소속 연대와 함께 실전에 투입되는 것이 윌리에게는 인간적인 욕망의 정점이었다. 이 연대는 지난 50년 동안 상대적으로 활동을 거의 하지 않았다. 윌리는 소속 연대의 역사를 읽고 또 읽었다. 향후 50년간 큰 전쟁은 없을지 모른다. 그는 어디선가 『종전 전쟁』이라는 책을 본 적이 있다. 그 제목을 보는 순간 등골이 오싹해졌다. 전쟁을 막게 될 국제연맹(League of Nations; 제1차 세계대전 후에 설립된 국제평화기구로 국제연합의 전신—옮긴이)의 창설 운운하는 얘기를 들을 때는 가슴에 깊은 절망이 들어찼다. 다른 사람들에게 희소식처럼 보이는 모든 뉴스가 그에게는 나쁜 뉴스였다. 세상 대부분에게 희망이 되는 것이 그에겐 절망이었다.

여름이 끝났을 때 윌리는 샌드허스트를 떠났다. 그는 돋보이진 않았지만 훌륭하게 처신했고, 많은 친구도 사귀었다. 임관하는 날은 자랑스러웠고, 연대에 착임신고를 할 때는 조바심이 났다. 상급 장교 중에서 아버지의 동료들이 윌리를 환대했다. 하급 장교 중에는 이미 친구들이 있었다.

윌리의 연대는 그해 봄에 적의 공격을 받고 큰 전력손실을 입었다. 프랑스에서는 장교들이 부족했다. 윌리가 두세 달 안에 프랑스 전역에 투입될 거라고 생각할만한 이유가 차고 넘쳤다. 그래서 훈련 중에 짬이 날 때마다 윌리는 장비 구입에 몰두했다. 새 신부가 아무리 신중하고 즐겁게 혼숫감을 구입한다고 해도 윌리가 장교 장비를 구성하는 진흙색의 시시한 물품들을 살 때의 주의력과 기쁨을 따라가지 못할 정도다. 최신 장비에 대한 조언을 구하는데 지치는 법이 없었고 잠망경에서 편지지에 이르기까지 물품들의 아주 세세한 부분까지 관심을 가졌다.

전선에 전해지는 전황이 조금만 더 좋지 않았다면 윌리는 아마도 세상에서 가장 행복한 남자였을 것이다. 그러나 그는 많은 사람들을 의기소침하게 만드는 생각으로 위안을 삼았다. 요컨대 1914년 8월 이후로 전황이 진자의 흔들림처럼 너무도 변화무쌍했다는 생각 말이다. 불과 1년 전 캉브레 전투 같은 승전에 따라온 낙관주의의 물결 속에서 많은 사람들이 그해 크리스마스 무렵이면 전쟁이 끝날 거라고 예언했다. 그러나 그로부터 6개월 만에 연합군은 파리의 포기를 심각하게 고려했고 염세주의자들은 전쟁에 졌다고 속삭였다.

이런 희망과 두려움은 윌리가 다음 파견대와 함께 프랑스로 갈 태세를 갖추라는 명령을 받았을 때의 환희로 한동안 사라졌다. 전쟁 초반에 장교들은 해외 파병을 앞두고 일주일 안팎의 "파병 휴가"를 허락받았다. 이 제도는 현재 철폐됐지만 파병 대기 중에 임무를 부여받는 경우 극히 예외적으로 시행되고 있었다. 이 경우 친인척과의 작별인사 같은 성가신 의무 아니면 피곤한 일들이 이 휴가를 허락받은 대부분의 젊은이들의 시간을 채우기 마련이다. 그러나 윌리가 이행해야 하는 그런 의무나 일은 없었다. 그렇다보니 이 시간은 그에게 느긋하고 행복하고 자부심으로 가득한 나날이었다. 군인 클럽을 자주 찾았고 거기서 동료들에게 "곧" 떠날지 모른다고 말할 때는 작은 허세를 억누를 길이 없었다. 출발이 두 차례 연기되면서 인내심이 폭발직전에 다다랐지만 마침내 날짜가 정해졌다. 토요일에서 월요일까지 오즈번 부인의 집에서 지내기로 약속한 윌리는 11월 9일 캠벌리로 향했다.

마중 나온 호리가 윌리를 반갑게 맞아주었다.

"야, 꼬맹이 윌리. 와서 키스해 주라. 전쟁이 끝났으니 우리 둘 다 안전하다."

"헛소리 좀 작작해!" 윌리가 화가 나서 말했다. "출발하기 전에도 부대에 전화했었어. 아무 소식 없다고 했거든. 모든 건 계획에 따라 진행되고 파병대는 수요일에 떠날 예정이라고 했어. 전쟁성의 지침대로 시행되고 있단 말이야."

"허, 너희 썩고 늙은 부대가 소식을 들었을 리 없지. 전쟁성도 마찬가지고. 전쟁이 시작된 걸 아는데 일 년이 걸리고 전쟁이 끝나고 일 년이 지나야 싸우러 가는 놈들이잖아. 하지만 전쟁성 밖에 있는 사람들은 다 들었어. 독일 황제가 물러난다는 걸."

"호리 형은 자기가 엄청 똑똑하다고 생각하나 봐." 얼굴이 울그락불그락 달아오른 윌리가 말했다. "그런데 오늘 아침에 클럽에 한 장교가 있었어. 우리 연대의 나이 많은 장교로 마타벨레 전쟁에서 무시무시하게 싸운 사람이지. 그 장교 그러니까 라이트 대령이 이 전쟁에 대해 했던 말은 다 옳았거든. 그 분이 그랬어. 독일 황제가 양위하면 독일인들은 더 집요하게 싸우게 될 거라고. 그 분은 독일어를 할 줄 아는데, 독일 황제가 루덴도르프에게 방해만 될 뿐이고 황제를 내쫓으려고 하는 게 아마도 독일총참모부일 거라고 했어."

"알았다, 윌리." 호리는 윌리가 크게 심란해하는 것을 눈치채고 말했다. "라이트 대령을 위하여 만세삼창! 하지만 나는 그 늙은 놈이 이번에는 틀렸으면 좋겠다. 그의 건강을 위하여 셰리주(스페인산 백포도주—옮긴이)로 건배나 하자. 어머니가 한 병 사오시면 최악의 상황을 위해 건배하자고."

윌리의 분노는 터질 때처럼 꺼지는 것도 빨라서 호리가 미소를 짓기도 전에 이미 사라져 버렸다. 그때 오즈번 부인이 방으로 들어왔다. 그녀는 아주 다정히 두 청년의 볼에 키스했다.

윌리는 오즈번 부인의 뺨에 혈색이 돌고 4년이라는 긴 시간 동안 빛난 적이 없던 눈동자가 반짝이는 것을 보고 깜짝 놀랐다.

호리가 집에 셰리주가 있냐고 묻자, 오즈번 부인은 그날 오후에 셰리 주 한 병과 적포도주 두 병을 샀다고 말했다.

"너희들 놀랐을 거야." 그녀가 덧붙였다. 호리도 윌리도 그녀가 물 이외에 아무 것도 마시지 않고 아무리 작은 사치에도 단돈 한 푼 쓰지 않는 걸 알기 때문이었다. "하지만 오늘밤 아니면 내일 가닛이 올지 몰라. 정말 오랜만에 가족 모임이 되겠네."

윌리는 기대와는 달리 자기가 그날 저녁의 주인공이 아님을 느끼고 약간 분했다. 그는 오즈번 부인의 절약을 잘 아는 터라 신중하면서도 최대한 유쾌하게 말했다.

"가족 모임뿐만이 아니죠. 고아의 송별식이기도 해요. 저는 수요일에 전쟁터로 갑니다. 저의 건강을 위하여 건배를 해달라는 의미로 샴페인 좀 사왔어요."

오즈번 부인은 윌리를 힐긋 쳐다보았고 그 순간 그녀의 눈에서 빛이 사라졌다.

"그런 생각을 하다니 참 다정도 하구나, 윌리." 그녀는 조용히 말했다. "너의 건강을 위해 건배한다면 우리 모두 참 행복할 거야. 그리고 이 전쟁이 그리 오래가지 않을 거라고 생각하면 더더욱 행복하고."

"너무 단정 짓지는 마세요." 윌리는 말하고서 조금 거만하게 이렇게 덧붙였다. "말하자면 그 문제에 대한 생각은 두 부류로

나뉘거든요."

"하나는 옳소 대령, 하나는 틀렸소 대령이라네."(라이트Wright 대령의 발음을 흉내 내 옳소right와 틀렸소wrong로 장난을 침―옮긴이) 호리가 셰리주를 잔에 부으면서 흥얼거렸다.

일요일은 소문의 날이었다. 집에 배달되는 신문에 명확한 것이라고는 없었다. 윌리가 크고 아름다운 눈망울을 지닌 조용한 아이 즉 펠리시티와 놀아주는 동안, 호리는 캠벌리 시내로 걸어갔다. 가닛은 오후에 도착했다. 그는 명확한 입장을 보이지 않으려고 조심하면서도 독일 황제가 물러난 것이 분명하고 독일에서 포슈(프랑스의 원수. 제1차 세계 대전에서 연합군 총사령관―옮긴이)를 만나 휴전 협정을 하기 위하여 대표단을 보낼 것이라고 말했다.

"어쨌든 휴전이 꼭 평화를 의미하진 않아." 윌리는 말했다. "일종의 막간에 불과해."

"일리 있는 말이야." 가닛이 말했다. "하지만 일단 군대가 싸우기를 멈추면 다시 싸우라고 설득하기가 무척 어렵다는 게 내 생각이야."

그들은 그날 저녁 샴페인을 마셨다. 누구도 익숙하지 않은 일이었다. 계속 안심시키는 분위기에 오즈번 부인은 전쟁이 계속될지 모른다는 마지막 공포를 털어냈고, 윌리는 전쟁이 멈출지 모른다는 불안감을 잊었다. 호리는 놀라울 정도로 활달했다. 적어도 그렇게 보였다. 그들은 밤늦도록 깨어 있었고, 이것은 이 집에서 처음 있는 일이었다.

윌리는 이튿날 아침 늦잠을 잤다. 일층에 내려갔더니 식당에 아무도 없었다. 오즈번 부인은 집안일을 하느라 바빴다. 가넷과 호리는 소식을 알아보러 시내에 갔다. 월리는 의기소침해졌다. 식은 음식으로 쓸쓸히 아침을 해결하고 어슬렁어슬렁 거실로 갔더니 펠리시티가 너덜너덜해진 인형 두 개랑 종잡을 수 없는 놀이에 빠져 있었다. 펠리시티는 월리가 온 줄도 몰랐다. 월리는 일이 분 정도 왔다 갔다 하다가 소리쳤다.

"아, 펠리시티, 이 오빠가 너무 불행하단다."

펠리시티가 고개를 돌리고 그를 아주 심각하게 쳐다보았다. 그러더니 고개를 천천히 끄덕거리면서 말했다.

"응. 나는 오빠 때문에 불행해."

현관문이 열렸다가 쾅 닫혔다. 두 청년이 뛰어 들어왔다. 오즈번 부인이 헐레벌떡 그들을 뒤따라 들어왔다.

"다 끝났어!" 호리가 소리쳤다. "의심도 소문도 끝. 공식 발표야. 오늘 오전 11시에 휴전협정이 체결된대."

"그러니까." 가넷이 자신의 손목시계를 쳐다보면서 덧붙였다. "지금부터 정확히 43분 후에."

눈가가 젖은 오즈번 부인이 두 손을 뻗어서 한손에 하나씩 두 아들을 잡았다. 그리고 월리를 쳐다보다가 그의 얼굴이 하얗게 질리고 입술이 떨리는 것을 보았다.

"월리, 위층으로 뛰어가렴." 그녀가 빠르게 말했다. "가서 내 안경을 네 방에 두고 왔는지 보고 오렴."

월리는 문을 지나서 다급히 계단을 올랐고 전광석화처럼 자기 방으로 뛰어들었다. 방문을 잠그고 침대에 몸을 던지더니 울음을 터뜨렸다.

그렇게 울고 있는데 두 개의 별스럽지 않은 감정이 그의 깊은 슬픔을 거의 잊게 만들었다. 첫째는 수치심, 그러니까 다 큰 어른이 그것도 장교로 임관한 남자가 자신이 기억하기에도 그런 적이 없을 정도로 감정을 주체하지 못하고 울고 있으니 말이다. 또 다른 감정은 오즈번 부인에 대한 깊은 감사였다. 그가 부인을 사랑하게 만들었던 그 고마움 말이다. 그녀는 자신의 두 아들 앞에서 윌리가 체면을 잃지 않게 배려했던 것이다. 생각해보니 오즈번 부인이 상황을 신속하게 판단하고 적절한 지시를 내리는 것을 봐서 역시 군인의 딸이라고 알아볼 만했다. 그것이 설령 전시에서 위기 상황에 처하더라도 따라야하는 행동 수칙이라고 생각했다. 그러고는 다시금 고통스러운, 전쟁이 끝났다는 아픈 기억이 떠올랐다. 그렇다고 그렇게 누워서 하루 종일 아기처럼 엉엉 울 수는 없는 노릇이었다. 11시가 가까운 시간이었다. 아래층으로 내려가서 가능한 눈물 자국 없는 용감한 얼굴을 보여야 했다.

눈가를 훔치고 머리를 빗은 그는 아래층으로 내려가면서 홀의 벽시계가 11시를 치는 소리를 들었다. 모두 식당에 앉아 있었고, 호리는 좀처럼 열리지 않는 샴페인의 병마개와 씨름하느라 윌리의 등장을 알아채지 못했다. 마침내 마개가 빠져 나왔고 병속의 내용물도 약간 쏟아져서 식탁보 위로 흘렀다. 호리는 흐른 포도주를 손가락으로 훔치더니 그 손가락으로 귓등을 문질렀다. 그는 놀라는 나머지 가족들에게 그렇게 하면 행운을 가져온다고 설명했다. 그러고는 네 개의 잔을 채웠다.

"자, 윌리." 호리가 말했다. "네가 사온 샴페인으로 한 잔 하자. 너는 평화를 위해 건배하는 건 싫을 테니까 다음 전쟁을 위하여 건배."

"아니야." 오즈번 부인이 말했다. "그건 삐딱하구나. 영국군을 위해서 건배하자." 그들은 그렇게 건배했다. 오즈번 부인은 입술에 술잔을 대면서 조그맣게 혼잣말로 덧붙였다. "산자와 죽은 자 모두를 위해."

"펠리시티를 깜박하고 있었네." 호리가 소리쳤다. "펠리시티가 앞으로 샴페인을 두 번 다시 마시지 않겠다고 해도 오늘은 마셔야지."

그들이 펠리시티를 찾아낸 곳은 옆방 그러니까 아이는 여태인형 놀이에 빠져 있었다. 호리는 잔을 채우고 펠리시티에게 그것을 다 마셔야 행운이 온다고 말했다. 펠리시티는 그 말에 엄숙하게 따랐고 맛이 어떠냐는 물음에 뭔가 특별한 느낌이 들었는지 호리의 말투를 뱉었다.

"맛있어. 죽여줘."

청년들이 큰 소리로 웃어대자, 펠리시티의 크고 검은 눈이 성공했구나 싶은 짓궂은 눈빛으로 반짝였다.

그날 오후 호리는 윌리를 런던으로 데려갔다. 젊음의 슬픔은 유년의 그것처럼 깊은 상처와 오랜 흉터를 남겨놓긴 해도 주의를 끄는 다른 일이 생기면 일시적이나마 사라지곤 한다. 그날 거리에 모여 국기를 흔들고 목청껏 만세를 외치던 군중 속에서 윌리보다 더 열정적으로 흔들고 더 크게 환호한 사람은 드물었다. 불과 몇 시간 전만 해도 지상에 살아야하는 아무런 이유도 없다고 느꼈던 윌리가 그랬다.

저녁 시간에는 호리와 윌리 둘 다 녹초가 돼 있었다. 호리는 윌리가 계산하겠다면 런던에서 가장 좋은 레스토랑으로 데려가겠다고 말했다. 윌리는 무엇을 계산하든 상관하지 않았다. 그렇게 그들이 저녁을 먹은 곳은 오르나노 레스토랑이었는데, 윌리의 눈에는 정말 근사한 곳으로 보였다. 게다가 역사적인 명성을 지닌 세련된 급사장이 메뉴판을 들고 다가왔을 때 호리가 자신감을 잃는 모습을 보는 것도 즐거웠다. 윌리는 레스토랑이 거의 비다시피 한 상황에 유독 눈길이 갔다. 그들이 일상적인 저녁 식사 시간보다 일찍 왔기 때문인데 호리는 그래서 자기가 말한 유명인들과 아름다운 여성들이 아직 도착하지 않아서 한 사람도 없는 이유라고 설명했다. 당시에는 음식의 질이 좋지 않았고 양도 부족했다. 설탕과 버터는 거의 확보하기 어려운 시절이었다. 그런데 희미한 핑크 빛 조명 속에서 부드러운 음악이 연주되는 가운데 구석자리에 앉아있는 이 젊은이들 앞에 나온 음식은 그들로선 꽤 맛있어보였다. 샴페인은 정말 괜찮았고, 브랜디도 그랬다. 다만 브랜디가 나폴레옹 1세 시대에 병에 담겼을 거라는 그들의 상상과는 다르긴 했지만.

그들은 긴 하루를 보냈고 엄청난 경험을 했다. 피곤했지만 아주 즐거웠다. 레스토랑의 세련된 분위기가 그들에게 갑자기 나이든 느낌을 주었다. 포도주는 특유의 부드럽고 감미로운 효과를 발휘했다. 자의식과 영국 젊은이들의 저주는 그들로부터 떨어져나갔고 말이 술술 나왔다. 윌리는 모든 슬픔을 따라 마셨고 그들의 부담감은 말로 옮기기에 수월할 만큼 점점 더 가벼워졌다. 윌리는 심지어 그날 아침에 자기 방에서 울었다는 말까지 실토했다.

"이봐, 그런 줄 알고 있었지." 호리가 말했다. "우리 모두 알고 있었어. 그래서 우리 모두 너를 더 많이 생각하는 거야. 하지만 걱정 마. 너는 아직 열아홉 살이 채 되지 않았으니까 앞으로 10년이 지난 후에도 여전히 젊을 거야. 내가 장담하는데 그 시간이 다 지나지 않아서 또 전쟁이 벌어질 거야. 너는 유럽 전쟁만 고집하는 건 아니지, 그지? 내 생각에 그건 너무 위험한 광경이라고. 늙은 줄루족을 박살내고 춤추는 더비시(극도의 금욕 생활을 하는 이슬람교의 일원으로 예배 때 빠른 춤을 춤―옮긴이) 무리에 맞서 기병대를 지휘하는 게 더 재미있잖아. 옴두르만(수단 중부 카르툼 주에 있는 도시로 1898년에 기관총의 가공할 위력을 보여준 옴두르만 전투가 벌어짐―옮긴이)에서 제21창기병연대들이 그랬던 것처럼 말이야. 있잖아, 너는 직업을 제대로 고른 거야, 윌리. 항상 그렇게 느꼈어. 너는 타고난 군인이야. 다른 건 꿈도 꾸지 않았잖아, 안 그래? 인정해!"

이 시점에서 아주 흥겨워진 윌리는 흔쾌히 그렇다고 인정했다. 호리는 계속해서 말했다.

"자, 남자가 직업을 갖는다는 건 언제나 좋은 일이야. 어찌됐든 이따금씩 기회가 오기 마련이지. 왜냐하면, 평생 그 기회를 기다려왔으니까. 그 기회가 오면 덥석 잡는 거야. 너의 기회도 반드시 올 거야. 그때 붙잡으란 말이야. 걱정 마."

호리는 잠시 말을 멈추고 담뱃불을 붙였다. 그동안 월리는 호리의 모든 말에 깊이 공감했는데, 마치 전쟁에서 혁혁한 전과를 세우고 겸손하게 구는 사람 같았다.

"너는 믿지 않을 것 같아." 호리가 말을 이었다. "나한테도 직업이 생겼거든. 하지만 내 직업은 비밀이야. 네가 좀 꼰대 기질이 있어서 흠을 잡으려고 할지 모르고 충격을 받을지도 몰라서 너한테 얘기할 수 있을 것 같지가 않아."

"에이, 무슨 직업인지 말해 봐, 호리 형." 월리는 말했다. "정말 듣고 싶단 말이야. 맹세해. 아무한테도 말 안할 게."

"우선 브랜디 두 잔을 더 마시고. 한 잔은 너 그러니까 네가 충격을 감당할 수 있게 해달라고, 또 한 잔은 나 그러니까 네가 충격 받는 걸 좋아하는 나를 위해 건배."

브랜디를 주문하고 기다리는 동안 호리는 담배를 피우며 생각에 잠겼고 월리는 호리의 직업이 무엇일까 짐작해보았다.

"그러니까 말이지." 드디어 호리가 브랜디를 홀짝이면서 신중하게 입을 열었다. "월리, 네가 놀랄지도 모르지만 나는 열 살 때부터 딱 한 가지 꿈 밖에 없었어. 무대에 서는 거."

월리는 충격을 받았다. 분위기가 덜 감상적이었다면 충격은 더 컸을 것이다. 그러나 오늘밤은 모든 것이 낯설고 새롭게 보였다. 어제부터 세상이 바뀌었다. 월리가 처음 떠올린 생각은 호리가 자기를 놀리고 있다는 것이었다. 자주 그래왔듯이 말이다.

"지금 나 놀리는 거야?" 그는 그랬으면 하고 물었다.

"내가 살면서 지금처럼 진지한 적은 처음이거든." 대답이 그랬다.

"하지만, 하지만." 윌리는 말을 더듬었다. "우리 같은 사람은 배우가 될 수 없어."

"우리 같은 사람이라니, 그게 무슨 뜻이야?" 호리가 경멸적으로 물었다.

"젠장, 형, 내 말은 우리 같은 신사들 말이야." 윌리는 말짱한 정신이었다면 그런 말을 하지 못했을 것이다.

"이거 봐." 호리가 소리쳤다. "내가 너 꼰대 기질 있다고 했잖아. 네가 속물이었다고 말할 수는 있지만 지금은 아니란 거 알아. 너는 과거에서 살고 있어. 시대는 변하고 있어. 전쟁 전에도 변하고 있었고, 그 후로는 더 빨리 멋진 모습으로 변해왔지. 신사가 아니지, 암! 헨리 어빙 경과 허버트 트리 경은 어때? 이튼의 찰스 호트리는 또! 영국 육군 아일랜드 근위대에서 막 임관한 제럴드 뒤 모리에도 있지. 언제부터 아일랜드 근위대가 신사가 아닌 자를 임관했냐?"

그 마지막 말은 엄밀히 말해서 정확한 사실이라고 할 순 없지만 그래도 윌리에게 가장 큰 인상을 주었다. 그러나 그는 아버지의 말 그러니까 훌륭한 연대에 소속돼 있으면서 여배우와 결혼한 장교는 서류를 제출해야 한다는 말을 떠올렸다. 그렇긴 해도 윌리가 보기에는 남배우가 신사가 되는 것보다 여배우가 숙녀가 되는 것이 더 쉬운 것 같았다. 세상에 딸자식이 부모의 반대 속에서 배우가 됐다는 말은 들어봤어도 아들자식이 그랬다는 말은 들어보지 못했다. 그러나 윌리는 오늘밤만은 다투고 싶지 않았다. 아예 반박조차 하고 싶지 않았다. 언제나 호리를 좋아했지만 지금만큼 그를 좋아한 적은 처음이었다. 그래서 이번만큼은 호리의 말에 쉽게 설득당하기로 했다. 그리고 이내 호리가 가장 잘 해낼 역할에 대해 열띤 토론을 벌이기 시작했다.

그들이 레스토랑에서 나왔을 때 스트랜드 가는 조용했다. 다만 군중이 모여서 독일군 대포를 불태우고 있던 몰 가에서는 술판의 떠들썩한 소리가 들려오긴 했다. 두 청년은 팔짱을 끼고 집으로 향했다. 행복했고 술판을 벌이고 있는 사람들보다 훨씬 더 우월하다는 생각이 들었다. 승리의 첫날 밤이 끝나가는 동안 호리는 자신의 미래를 결정했고, 윌리는 퍼붓는 투창 세례를 뚫고 연대의 선두에서 벌판을 전속력으로 건너는 꿈을 꾸었다.

1898년 9월 2일, 옴두르만 전투의 제21창기병연대

제3장

두 세계대전 사이의 전간기 21년은 이 시대를 산 많은 사람들의 입장에선 빠르게 지나간 것 같았다. 시간의 경과는 사건들로 측정되고, 사건들이 별로 없으면 시간의 경과는 주목받지 않는다. 이 시간은 윌리 메링턴에게 순조롭게 흘러간 것이 분명하다. 그가 2차 세계대전 전야에서 그 시간을 뒤돌아봤을 때 기억에 남을만한 사건들이 거의 없었다는 것에 깜짝 놀랐다.

그는 휴전협정 이틀 후에 대륙으로 떠났던 것을 또렷하게 기억했다. 오랫동안 고대해왔던 여정이었다. 그가 상상했던 모든 것과 완전히 딴판이지 않았나! 전쟁의 스릴은 김이 빠졌고 혼란과 지체, 불편 말고는 남은 것이 없었다. 갈림길마다 그를 기다리고 있었던 것은 부정확한 정보들이었다. 군대는 윌리만

큼이나 빠르게 이동했고, 이동방향을 되돌리게 만드는 정확한
소식보다는 훨씬 더 빠르게 이동했다.

　마침내 윌리는 정보를 따라잡았고 점령군과 몇 달을 보냈다.
그것은 침울하고 환멸스러운 경험이었다. 침울함은 또 다시 동
료 장교들과 함께 하는 가장 행복한 시간들이 그에게 가장 행
복하지 않은 시간들이었기 때문이다. 이런 일은 저녁 때 포도
주를 한 잔씩 하는 식당에서 벌어지곤 했다. 또 다시 끝없는
토론과 교전의 회상이 시작되곤 했다. 때때로 이런 대화는 심
각했고 심지어 우울하기까지 했으나 즐거움이 가득할 때가 더
많았다. 사람은 삶에서 즐거운 일들을 더 쉽게 기억하고 그러
고 싶어 하기 때문이다. 전쟁은 그들이 공유하는 거대한 주제
였고 대화를 부추기는 응원과 전우애가 있을 때마다 되돌아가
는 주제라는 건 필연적이었다. 신참과 최근 합류한 장교들이
그들의 대화에 괴로워할 거라는 걸 알고 있는지 또는 알게 될
것인지 기대하기는 어렵다. 윌리는 한 번의 실전 경험만 있었
더라도 모든 것이 달라졌을 거라고 느낀 적이 한두 번이 아니
었다.

　그는 적에게도 실망했다. 젊은 시절 내내 이 가공할 적들을
아주 사납고 아주 야만적이며 아주 사악하고 아주 용감한 족속
들로 상상해왔다. 그가 발견한 적은 굼뜬 촌뜨기 무리였다. 비
굴하고 서투르며 종종 찌무룩하고 부루퉁하지만 더 자주는 너
무 불안해서 기뻐하지 못하는 무리. 이들이 진정 불과 몇 주
만에 벨기에를 휩쓸고 파죽지세로 파리의 관문까지 진격한 그

적이 맞는지, 러시아를 강하게 압박하면서 차르 제국을 박살내고 북해에서 영국해군을 패배 직전까지 몰고 간 그 적과 동일인들인지 아니면 어떤 관련이 있거나 한 자들인지 윌리는 거의 믿을 수 없을 지경이었다.

윌리는 아군의 사기에도 만족하지 못했다. 해외 파병부대에서 군기는 조금 덜한 반면에 고국에서보다 더 열정적이고 치열할 줄 알았다. 귀국한 장교들을 통해서 그런 믿음을 가져왔다. 그러나 과거에는 그랬는지 모르지만 지금은 아니었다. 장병들은 문명의 삶으로 돌아갈 얘기만 했고 그 날이 얼마나 빨리 올런지 따져봤고 지체되는 날짜에 불평하면서 불안해했고 못마땅해 했다. 열아홉 살의 윌리가 제대 전야보다 전투 전야에 더 사기가 높다는 것을 어떻게 이해할 수 있을까?

해외 파병부대에서의 첫 경험은 윌리로선 즐겁게 되돌아보는 그런 추억은 아니었다. 그래서 영국으로 돌아온 것이 기뻤고, 멋진 사냥을 쉽게 할 수 있는 지역에 배치된 것이 기뻤다. 이때부터 말들이 그의 삶을 채웠다. 말안장에 앉아있지 않을 때는 말에 대해 말했고 생각했다. 모르는 사람들은 한 인간의 삶에서 특히 청년 무엇보다 젊은 기병장교의 삶에서 말들이 얼마나 큰 비중을 차지하는지 알게 되면 깜짝 놀랄 것이다. 기병대가 아직 존재하던 당시, 말은 기병의 직업과 여가의 중심을 차지했다. 말은 일과 놀이를 결합했다. 주간에는 기병이 활동하는 모든 시간을 채우고 밤에는 지치지 않는 대화의 주제임을 증명한다. 겨울철이면 날마다 군대의 임무가 허락할 때마다 윌리는 사냥을 하곤 했다. 그의 겨울은 사실상 새끼여우사냥을 하는 첫날 아침과 함께 실제 겨울이 오기 한참 전부터 시작됐다. 자유코스 크로스컨트리와 장애물 경주는 그가 빠져있는 또 다른 오락이었다. 그는 장애물 경주마 몇 마리를 구입하여 경주에서 성공하기도 하고 실패하기도 했지만 열정만은 변치 않았다. 한번은 토론의 열기 속에서 그는 빅토리아 십자훈장을 타느니 차라리 자신의 말로 그랜드 내셔널(영국 리버풀에서 매년 3월에 열리는 장애물 경주—옮긴이)에서 우승을 하고 싶다는 말까지 했다. 그는 그 자리에서 술김에 나온 거친 언사였다며 그 말을 철회하고 사과했다. 그러나 그는 술에 취하지 않았고 동석자 중에는 기마술이 젊은이들의 상상력을 부추기는 면이 있다며 그의 말에 동감하는 사람들도 있었다.

봄이 온다는 것은 윌리에게 장애물 없는 (그가 열등한 경기라고 생각하는) 평지경주의 개최를 의미했다. 또한 폴로와 런던 시즌(런던의 사교기—옮긴이)의 시작이기도 했다.

1920년대 런던은 유쾌한 도시였고 영국은 행복한 땅이었다. 전쟁 전에 살았던 사람들은 과거와 불쾌한 비교를 일삼았지만 옛날의 경험이 없는 신세대에게는 삶이 충분히 괜찮아보였다. 부의 재분배가 진행되어 왔으나 부는 아직 충분했고 급속한 발전의 기운이 충만했다. 사상자 수가 어느 때보다 많았지만 그 수치는 다수의 생존자에 의해 잊혔고, 전쟁의 유령은 사람들의 마음에서 사라졌다.

국가가 향락의 수단으로 제공해야했던 모든 것이 괜찮은 연대의 준 대위급 젊은 장교 앞에 보기에도 좋고 종류도 다양한 형태로 놓였다. 윌리는 그에게 제공된 괜찮은 수단들을 충분히 향유했으나 결코 과하게 탐닉하지는 않았다. 이끌어줄 부모님은 없었으나 연대에서 차지하는 위치는 그가 이 세상에서 무엇보다 사랑하고 명예롭게 여기는 것이었고 그랬기에 이 위치가 여느 부모가 미치는 것만큼이나 그의 행동에 영향력을 행사했다. 이 연대에서는 장교들이 하지 않는 특정한 일들이 있었고 그것은 윌리 메링턴이 절대 하지 않는 일이기도 했다.

그는 춤을 추고 말을 타고 경주를 비롯해 자신의 나이와 환경에 맞는 모든 오락을 즐겼다. 춤추는 것을 좋아했지만 무도회와는 거리를 두었고, 여자들과 어울리는 경우는 거의 없었다. 여자들과 대화를 하기가 힘들다는 것을 알게 됐고 연대는 늘 여자의 치맛자락을 쫓아다니는 부대원을 인정하지 않았다.

그는 저민 가에 플랫(아파트)을 가지고 있었고 또 다른 클럽 그러니까 그의 아버지가 소속됐던 클럽에도 가입하고 있었다. 그곳의 분위기는 그가 이미 소속되어 있는 군인 클럽의 그것과는 사뭇 달랐다. 대부분의 회원들이 나이가 많고, 처음에는 위압적인 느낌이 들었지만 이내 그들 사이에서 많은 친구를 사귀었다. 연장자들을 대하는 그의 솔직함과 젠체하지 않는 남자다움은 금세 그에게 공감과 호의를 가져다주었다.

이 기간 동안, 윌리가 사회에서 자리를 잡고 자신 있게 그 자리를 지켰다고 말해도 무방하긴 하나 그는 자기가 놓친 것을 절대 잊지 않았고 늘 후회하고 있었다. 오찬에서 옆 사람이 우연히 이런 질문을 하기도 했다. "전시에 어디에 있었나?" 클럽의 나이든 회원들의 입에서 이런 말이 나올 때도 있었다. "전쟁을 경험한 자네 같은 젊은 친구들은 말이야……." 이런 말들은 휴전협정 소식을 처음으로 접했던 순간에 그가 느꼈던 괴로움의 예리한 통증을 되살려내곤 했다. 그리고 지금 성인으로서 당시에 학교에 다니던 또래들을 만나기 시작하면서 그들마저 자기 자신보다도 더 낫다는 생각이 들었다.

겨울 사냥, 여름 폴로 그리고 일 년 내내 경주 이런 생활은 윌리에게 버는 것보다 더 많은 수입을 요구했다. 그가 사치를 하는 것은 아니었지만 해가 갈수록 자신이 분수에 넘치는 생활을 하고 있음을 조금씩 깨달아갔다. 그래서 연대가 인도로 이동한다는 소식을 알고 충격보다는 안도감을 느꼈다. 당시에 그는 경제적 위기에 직면해 있었다. 사냥 말을 줄이고 폴로까지 포기해야 할지 모른다는 예상이 즐거울 리 없었다. 부대 이동 소식이 전해지면서 빚쟁이들이 흡사 메뚜기 떼처럼 몰려들었다. 그는 자기가 얼마나 많은 빚을 지고 있었는지 깨닫고 겁에 질렸다. 런던의 소매상들은 믿을만한 연대에 소속된 부자 청년 장교들을 엄청난 인내심으로 대해주었지만 이 젊은 신사들이 혹시 해외에 무한정 체류하는 것은 아닐까 의혹이 일면서 그들의 인내심은 갑자기 바닥이 나버렸다.

윌리는 자신의 신용을 지키기 위하여 자산을 매각해야 했다. 과거에 너무 많은 것을 가지고 있던 사람들이 깨닫게 되듯이 윌리도 언제나 최악의 시점에 자산을 매각하게 된다는 것을 알게 됐다. 그 모든 일을 되돌아볼 때 윌리가 기억하는 것은 그저 변호사들과 나눈 따분한 대화가 고작이었다. 당시에 변호사들은 여전히 충분한 수입에도 불구하고 앞으로는 긴축해야한다고 윌리가 아는 이상으로 그를 압박했다.

이 기간 동안 윌리는 오즈번 가족을 거의 보지 못했다. 오즈번 부인은 정기적으로 편지를 보내서 가족에 대한 자세한 소식을 전해주었다. 가닛은 대형 군병원에서 일하고 있었다. 왕립연극학교를 훌륭한 성적으로 졸업한 호리는 순회극단과 함께 대개는 지방 공연을 하러 다녔다. 펠리시티는 브뤼셀에 있는 학교에 다니고 있었다. 그들 모두 윌리의 삶에서 아주 멀리 떨어져 있는 것 같았다.

그는 인도 파병을 앞두고 호리를 딱 한 번 만났다. 그가 동료 장교들과 함께 극장 공연을 본 후에 사보이 그릴(사보이 레스토랑과 더불어 런던 사보이 호텔의 유명한 레스토랑—옮긴이)에서 저녁 식사를 하고 있을 때였다. 호리가 아주 어여쁜 아가씨와 그곳에 있었다. 호리도 여자도 야회복을 입고 있지 않는데 그것이 윌리의 심사를 약간 거슬렸다. 그러나 여자는 워낙 아름다웠고, 동료 장교 한 명이 가서 두 사람에게 합석을 청해보는 게 어떠냐고 윌리에게 말했다. 그 말을 곧이곧대로 들은 윌리가 두 사람에게 다가가서 청했다.

"안녕, 호리 형. 우리랑 합석할래?"

"싫어, 별로야." 호리는 퉁명스럽게 말했다.

사보이 호텔 레스토랑의 한 장면

윌리는 깜짝 놀랐다.

"왜?" 윌리가 물었다.

"너희들이랑 있다가는 지루해서 죽을 것 같아서." 호리가 말했다.

아가씨는 윌리의 순진한 얼굴에서 상처받은 표정을 알아채고는 측은해하는, 매력적인 미소를 지어보였다. 그 미소가 윌리의 충격을 덜어주었다.

나중에 레스토랑을 떠나는 두 사람을 본 윌리가 그들의 뒤를 쫓아가서 호리에게 내일 점심식사를 함께 하자고 청했다.

"아니, 싫어." 호리는 여전히 이해할 수 없는 짜증을 내면서 말했다.

"아, 거 참 애석하네. 나 이번 주말에 인도로 떠나거든. 나를 다시 만나지 못할지도 모르는데."

"인두로 간다고?" 호리는 소리쳤다. "그걸 내가 어떻게 알았겠냐? 내일 당연히 점심 같이 해야지. 이런, 짜증내서 미안하다. 시간과 장소를 말해줘."

윌리는 자신의 클럽이 어떠냐고 말했다. 호리는 반대했다.

"레스토랑이 더 재밌지 않겠어? 가만 있자, 휴전협정 밤에 같이 저녁을 먹었던 오르나노 어때?"

그곳으로 결정했다.

윌리가 다음날에 있었던 점심 자리에서 기억하는 것은 착잡한 감정이었다. 첫 인상은 오르나노가 변했다는 것이다. 그곳은 유명인들이 진기한 요리와 귀한 포도주를 들던 마법의 장이 더는 아니었다. 그곳은 플리트 가와 스트랜드 가의 하층민들이 자주 찾는 이류 레스토랑이 분명했다. 그 유명한 급사장은 오래 전에 세상을 떠났고, 손님들의 수준은 떨어졌다. 그가 아는 마권업자 두 명이 포동포동한 금발 두 명과 샴페인을 마시고 있었다. 그 감정을 말로 표현하기는 불가능했지만 그래도 막연하게나마 그것이 마치 그의 책임이라고 한다면 항변하고픈 그런 느낌이 들었다. 그리고 그곳이 그의 세상은 아니라는 느낌. 더 나쁜 것은 그곳이 호리의 세상이라는 느낌이었다. 호리는 마치 집에 있는 것처럼 '진 앤 잇'(진과 이탈리아 산 스위트 베르무트를 섞

온 칵데일 옮긴이)을 주문했다. 그가 셰리주를 더 좋아한다고 말했을 때 윌리는 그것이 허세라고 느꼈다.

호리는 윌리가 어떤 기분인지 알아채지 못했다.

"이곳의 수준이 좀 떨어졌지만 그래도 난 마음에 들어. 여기서 온갖 사람들을 다 만날 수 있거든. 음식도 괜찮고. 물론 아마데오 왕자 시절만큼은 아니지만."

"어젯밤에는 왜 그렇게 나한테 어깃장을 놓은 거야?" 윌리가 물었다.

"이봐, 너한테 그런 게 아니야. 네 동료들한테 그런 거지. 머리보다는 돈인 그런 부류들을 알 거든. 반쯤 취해서 사보이 그릴에 어슬렁거리면서 들어와서 누구든 거기서 만나는 여자들은 다 골라잡을 수 있다고 생각하는."

"아냐, 아냐." 윌리는 분개해서 반박했다. "전혀 그렇지 않아. 그들은 아주 훌륭한 친구들이야. 모두 나와 같은 연대 소속이라고. 형을 안다고 말하니까 그 친구들이 그러면 합석해서 즐거운 저녁 시간을 보내자고 한 거야."

"그래, 너는 아마 내가 연극을 한다고 말했겠지. 그 친구들은 그 여자도 그럴 거라고 짐작했을 거야. 그 친구들은 여배우쯤이야 얼마든지 자기 집에 데려갈 수 있다고 생각하는 놈들이니까."

윌리는 그 비난을 격하게 부인했다.

"이봐." 호리가 말했다. "예를 들어서 그 친구들이 같은 부대 소속 동료가 여동생이랑 있는 걸 봤다고 가정해 보자. 그리고 그 여동생이 예쁜 아가씨라고 가정해보자고. 그 친구들이 과연 자기들이랑 함께 어울리자고 제안할까?"

"당연하지." 윌리는 거리낌 없이 말했다. "그럴 거라고 생각해."

"글쎄, 나는 그렇게 생각 안 해." 호리가 응수했다. "그게 내 꼭지를 돌게 만든 거야. 내가 틀렸을지 모르지만 너도 알다시피 소속감이라는 게 있어. 부대의 명예니 뭐니 하는 헛소리 말이야. 글쎄, 우리 연극쟁이들도 너희가 스스로에게 느끼는 그런 직업의식을 가지고 있어. 과거에는 어땠는지 모르지만 요즘 우리 직업정신도 다른 직업들만큼이나 괜찮다고. 아니 우리는 더 열심히 하니까 더 낫다고 해야겠지. 그래서 사람들이 여배우를 부당하게 하대하는 것이 나를 미치도록 화나게 만들어. 내가 어젯밤에 느낀 기분이 바로 그거야. 나랑 같이 있었던 여자는, 그래 맞아, 여배우야. 게다가 연극의 자금 후원자이기도 해. 그녀의 남편이 일급 순회공연의 주연이거든. 그녀가 웨스트엔드(런던 중심지의 서쪽 지역으로 많은 극장, 상점, 호텔 등이 있음—옮긴이)의 직업을 가질지도 모르지. 나는 그녀를 존경하지만 사랑하는 사이는 아니야. 택시에서도 손 한번 잡은 적이 없으니까. 그녀의 뺨에 키스한대도 알다시피 우리가 인사할 때 그러잖아. 엄마나 펠리시티한테 그러듯이 말이야. 그러니까 사람들이 그녀를 매춘부처럼 대한다고 생각할 때 내기분이 어떨지 너도 상상이 갈 거 아니야."

"그래, 그 기분 알 것 같아." 윌리가 말했다. "하지만 그 야만적이고 음탕한 군인 운운한 건 진짜 잘못 알고 있는 거야. 어젯밤에 우리 중에서 취한 사람은 없었어. 만약에 형이 우리와 합석했다면 불평할 일이 전혀 없었을 거야. 모두가 그 여자를 그냥 숙녀처럼 대했을 테니까."

"그냥 숙녀처럼." 호리가 그 말을 따라했다. "아니 그 여자는 진짜 숙녀라고 젠장! 내가 만나본 이류 장교들의 침울한 누이들보다 훨씬 더 숙녀다운 여자란 말이야."

"아, 제발 또 화내진 마." 윌리가 말했다. "내 말 뜻이 그게 아니라는 거 잘 알면서 그래. 내 말은 내 동료들이 그 여자를 다른 사람과 똑같이 대할 거라는 얘기야."

호리는 어렵잖게 원래의 무던함을 회복했고 두 사람은 다른 화제로 얘기를 나누었다. 언쟁이 또 벌어지진 않았지만 그렇다고 오랜 기간의 헤어짐을 앞둔 젖형제 간에 오가는 대화 같지도 않았다. 서로 다른 화젯거리가 부족하다고 느껴서 그저 익숙한 사안을 붙잡으려고 혈안이 됐던 셈이다. 가닛 형에 관한 농담, 펠리시티의 장래에 대한 진지한 의견, 오즈번 부인의 건강에 대한 약간의 근심이 오고갔다. 그러나 이런 얘깃거리들이 동이 나자 서로에 대한 얘기를 하려고 했다. 그들은 서로에 대해 관심이 부족하다는 것을 깨달았다. 둘이 다 아는 친구들이 없었다. 호리는 군대만큼이나 말에 관해서도 관심이 없었다. 윌리는 씩씩하게 연극에 관한 얘기를 해보려고 했지만 그나마 그의 관심은 뮤지컬 코미디와 시사 풍자극에 국한되어 있었다. 그는 호리가 말하는 연극을 본적이 없었고 굉장한 존경심을 가지고 언급하는 이름들을 들어본 적도 없었다. 그래서 식사가 끝났을 때 둘은 내심 기뻐했다. 물론 서로의 작별을 진심으로 애석해했지만.

그랜드 내셔널의 한 장면, 1911년

제4장

월리의 삶에서 가장 행복한 시간은 인도에서 보낸 시기였다. 그는 과거를 회상하면서 그걸 의심하지 않았다. 그곳에서 그는 19세기를 다시 포착할 수 있었고 마치 50년 전에 태어난 것처럼 삶을 즐길 수 있었다. 영국의 통치기는 이미 그 끝을 고하고 있었으나 영국 기병대 장교들은 아직 그 사실을 기분 좋게 깨닫지 못했다. 군대의 월급으로 그럭저럭 왕자처럼 지낼 수 있었다. 손짓과 부름에 복종하는 하인들, 말만하면 대령하는 인도의 최상품들, 마구간에 있는 여러 필의 폴로용 조랑말, 심지어 간헐적인 호랑이 사냥에 이르기까지. 월리의 줄어든 수입으로도 인도에서는 부자였다. 때때로 무더위에 지쳤지만 월리는 영국의 춥고 우중충한 날이 더 고생스러웠다. 그래서 그는 대체적으로 인간에게 주어진 한에서 행복을 느꼈다.

그러나 인간은 결코 오랫동안 행복할 수 없기에 그는 지속적인 성가심에 시달렸고 큰 슬픔을 경험하기도 했다. 성가심은 동료 장교 즉 그보다 몇 기수 위고 그를 좋아하지 않는 장교에서 비롯됐다. 해밀턴, 그 장교의 이름이었다. 그는 부대에서 인기가 없었으나 그런 것에 관심도 없었다. 그는 아주 유능했고 참모대학 시험을 준비하고 있었다. 그의 유능함은 마지못해 인정됐지만 그의 직업적 야망은 의심을 샀다. 참모대학을 준비하는 사람은 폴로 경기를 하거나 연습하는 귀중한 시간을 공부하는데 낭비해야한다는 게 대체적인 시각이었다.

인도에 주둔하는 동안 해밀턴은 부관이 됐고, 이 지위 덕분에 자기가 좋아하지 않는 후임 장교들을 갖가지 사소한 방법으로 괴롭힐 수 있게 됐다. 딱히 알 수 없는 이유로 그는 윌리를 싫어했다. 어쩌면 그를 제외한 모두가 윌리를 좋아한 것이 이유였는지 모르겠다. 어쩌면 그가 무시하는 척 하는 인기를 남몰래 부러워했는지도 모르겠다.

부대원들이 해밀턴을 좋아하지 않는 이유 중 하나는 그가 공공연히 기계화에 찬성하는 발언을 했기 때문이다. 기계화, 그것은 당시 모든 기병대에 파멸의 그림자처럼 드리워져 있는 섬뜩한 운명이었다.

"차라리 운전기사가 될 겁니다." 윌리는 어느 날 저녁 열띤 목소리로 소리쳤다. "지저분한 탱크를 몰아야 하고 일꾼처럼 입고 다니느니."

"물론 그렇겠지." 해밀턴이 침착하게 대꾸했다. "네가 신경 쓰는 것이 오로지 파티복을 입고 경주마를 타고 이따금씩 군대 토너먼트에서 으스대는 것이라면 그런 생각을 하는 게 딱이지. 하지만 네가 전쟁에 관심이 있거나 실전을 한번만이라도 경험해보고 싶다면, 다음 전쟁이 발발하기 전에 부대가 기계화되기를 진심으로 기도할 거다."

이런 말을 윌리에게 하는 것은 잔인한 짓이었고, 해밀턴만이 그것이 얼마나 잔인한 가를 알고 있었다. 윌리의 얼굴은 점점 벌겋게 달아올랐다가 아주 하얗게 질렸다. 뭐라도 집어던지거나 한 대 후려치고 싶었다. 가까스로 자제한 그는 한 마디 욕설을 뱉어내고는 그 자리에서 나왔다.

이 상처가 치유되기까지 많은 시간이 걸렸다. 해밀턴은 무공십자훈장을 받았기에 실전 경험이 없는 윌리를 비웃을 자격은 있었다. 그러나 윌리는 밤에 자다가 깨서는 그 일을 곱씹곤 했다. 그때 하지 못했던 영리한 대답을 떠올려보다가 분노로 신음했다. 그는 기병대의 존속과 관련하여 제기되어온 논쟁을 다 꿰뚫고 있었지만 필요한 순간에는 잊어버리고 말았다. 해밀턴은 그 논쟁에 일가견이 있었다. 언제나 그랬고 앞으로도 계속 그럴 것이다. 그는 똑똑하기 때문이었다. 뿐만 아니라 그는 훌륭한 군인이기도 했다. 그걸 부인할 수 없지만 그가 기병대의 군복을 파티복이라고 말하고 말들이 없어지기를 바란다고 말한다면 부대를 진정으로 사랑하거나 충성할 수 없는 것이다.

인도에서 윌리에게 닥친 불행은 첫사랑이었다. 이 작은 드라

마의 개막은 필연적이었고 19세기 삶의 양식과 완벽하게 맞아떨어졌다. 여주인공의 아버지는 한 인도 주둔 기병대—명예로운 전통을 지닌 유서 깊은 연대—의 대령이었다. 서머스 대령의 아버지도 할아버지도 이 연대에서 복무했다. 데이지는 전형적인 영국 미인이었고 영국에서보다는 인도에서 더 아름답게 보였을 것 같다. 북슬북슬한 금발에 크고 푸른 눈, 들장미 같은 안색. 그리고 유럽에서 인도에 도착한지 얼마 되지 않아서 그 섬세함이 아직은 뜨거운 태양 빛에 칙칙해지지 않고 그대로였다.

그녀는 펠리시티 오즈번이 다닌 브뤼셀의 학교를 졸업했고 이를 알게 되면서 두 사람은 가까워졌다. 이것은 그들에게 얘깃거리가 되었고, 윌리는 지금까지 젊은 여성들과 만났을 때 그런 화제를 쉽게 찾아낸 적이 없었다.

데이지는 펠리시티에 대해 열정적으로 말했다. 펠리시티는 학교를 대표하는 미인이었고 여교장의 총애를 받았다고 한다. 학생 중에서 일부는 펠리시티가 자존심이 강하고 과묵하다는 점을 중시했지만 데이지와는 언제나 사이가 좋았고 가장 절친했다. 데이지는 자신의 학창 생활에 대해 말하는 것을 기뻐했는데, 그녀의 입장에서도 대화의 주제를 찾기가 늘 쉽지만은 않았기 때문이다. 부대에서 제공하는 다양한 오락—폴로 경기, 야유회, 칵테일파티, 무도회—에서 윌리는 데이지를 보러 왔고 자신의 시간 대부분을 그녀와 보냈다. 그녀가 펠리시티의 친구라는 사실 뿐 아니라 경주에 관심이 많고 윌리 자신이 좋아하는 스포츠의 여러 분야에 대해 해박하다는 점을 알게 된 그 날은 그에게 행복한 시간이었다. 대화의 끝없는 경치가 그들 앞에 펼쳐졌다. 대화의 주제로서 경마장의 아름다움은 예술이나 철학과는 달리 바로 그 경주 현장에서 이루어지기 때문이다. 중요한 사건들은 언제나 방금 전에 벌어졌거나 이제 곧 벌어질 예정이고, 일간 신문들은 읽고 인용할만한 기사와 사색으로 넘쳐난다.

데이지에 대한 윌리의 흠모는 빠르게 커져갔다. 단순한 영혼을 지닌 그는 자신의 머릿속을 차지하고 있는 것에 대해 말하지 않고 참고 있기가 어려웠다. 어느 날 저녁 식사를 앞두고 장교들이 베란다에서 담배를 피우고 있는 동안, 말에 관한 대화가 오갔고 윌리는 이렇게 말했다.

"서머스 씨가 이곳과 영국에서 열리는 경주에 대해 기막히게 잘 알고 있습니다."

"아마 말장수(마도위) 캐핀한테서 들었을 거야." 해밀턴 대령이 말했다. 윌리는 그의 말투에서 뭔가 꺼림칙한 느낌을 받았다.

"어, 그 분이 서머스 씨와 친구인가요?" 그는 아무렇지 않게 물었다.

"그들은 떼려야 뗄 수 없는 사이지." 상대가 대답했다.

"어," 윌리는 말했다. "두 사람이 함께 있는 걸 본 적이 없습니다." 그때 저녁 식사가 시작됐다.

캐핀은 데이지의 아버지가 지휘하는 연대 소속 대위였다. 윌리가 보기에 나이든 남자였다. 실상 캐핀은 마흔 살이 채 되지 않았다. 윌리는 사신의 상관들을 존경했고 그들이 친절하게 대해주면 고마워했다. 캐핀은 늘 윌리에게 친절하게 대해주었다. 그는 듣기 좋은 아일랜드 사투리를 사용했고 아일랜드인을 인기인으로 만드는 매력적인 특징들을 전부 가지고 있었다. 해밀턴은 캐핀에 대해 진짜 사나이라기보다 "연극에 나오는 아일랜드인"(아일랜드인을 과장되고 우스꽝스러운 특징으로 일컫는 말—옮긴이)에 더 가깝다고 말했다. 그는 반짝이는 눈과 희끗해지기 시작하는 검은 곱슬머리를 한 미남이었고 훌륭한 기수였다.

그는 말을 탈뿐 아니라 팔기도 했다. 더욱이 전자보다는 후자에서 더 유능하다고 말하는 사람들도 있었다. 그는 말을 사고 파는데 상당히 많은 시간을 할애했고 이로써 널리 알려진 그의 별명까지 생겼다. 말 시장(마시)에서 훌륭한 사람들이 다른 시장에서보다 정직성에서 낮은 표준을 받아들였지만 말장수 캐핀은 이 낮은 표준마저 제대로 부합하는지 종종 의심을 받았다. 그와 거래를 하고 나쁜 기억을 오랫동안 간직한 젊은 장교들이 있었다. 윌리는 그런 장교에 속하지 않았다. 그도 그 말장수한테서 한필을 비싼 가격에 산 적이 있긴 했지만 좋은 말로 밝혀졌다. 윌리는 구매에 만족할 경우 가격에 대해서 이러쿵저러쿵 불평하는 사람이 아니었다.

"말장수 캐핀을 알아요?" 그는 다음에 데이지를 만났을 때 물었다.

"아, 네." 그녀는 대답했다. "상냥한 분이에요, 안 그래요?"

"상냥한"은 윌리가 선택하려고 한 형용사가 아니었다. "나쁜 사람은 아니죠." 그는 이렇게 말하고 좀 더 자신 있게 덧붙였다. "그 사람은 말을 아주 잘 타죠."

"맞아요. 아주 멋지게 타죠, 그렇죠?" 그녀는 맞장구를 치고 덧붙였다. "그리고 늘 나를 상냥하게 대해줘요."

"그 사람을 꽤 오래전부터 알았나 봐요?"

"아, 그래요. 내가 왈가닥 여자애였을 때부터요. 내가 브뤼셀에서 학교에 다니고 있을 때 그분이 거기 와서 나를 데리고 점심을 먹으러 갔어요."

"그 사람이 브뤼셀에서 뭘 하고 있었죠?" 윌리가 물었다.

"말을 팔았던 것 같아요. 그분은 항상 말을 파니까요. 곧 전역을 하고 아일랜드에 자기가 직접 사업을 할 계획이래요. 거기에 아주 근사한 땅을 가지고 있거든요."

"아." 윌리는 미심쩍게 말했다. 그전까지 말장수 캐핀이 지주계급이라고 생각할만한 어떤 말도 들어본 적이 없었다.

이로부터 얼마 지나지 않아서 윌리는 데이지 어머니의 허락을 받고서 그녀와 당시에 그녀 가족과 함께 지내고 있던 한 아가씨를 에스코트해서 어느 무도회에 갔다. 무도회는 잘 준비된 행사였고, 아름다운 밤이었다. 더위가 그리 심하지 않아서 무도회는 늦게까지 이어졌다. 마침내 집으로 돌아가기로 결정했을 때 동행했던 아가씨가 보이지 않아서 그녀를 찾느라 시간을 지체했는데 알고 보니 그녀는 다른 사람과 먼저 떠났다. 그래서 그들은 집으로 향했다. 윌리는 운전을 하고 아름다운 데이지는 지친 머리를 그의 어깨에 기댔다. 대령의 방갈로에 도착해 차에서 내리면서 누구랄 것도 없이 그들은 서로의 팔짱을 꼈다. 베란다에는 널찍한 좌석이 있어서 그들은 그곳에서 포옹을 연장했다. 윌리가 도저히 잊지 못할 순간이었다. 자기한테 내맡긴 젊은 여성의 몸을 안은 것도 열정적인 입술의 촉감을 느낀 것도 그때가 처음이었다.

"나는 오래전부터 당신을 사랑하게 됐나 봐요. 그런데 오늘 밤까지 그걸 아예 몰랐습니다. 당신은 나와 사랑에 빠진 걸 언제 알았죠? 너무 놀라운 것 같습니다."

그녀가 그와 사랑에 빠졌다는 건 그로서는 의심의 여지가 없었다. 그렇지 않다면 그에게 키스하지 않았을 테니까.

"당신은 너무 다정해요." 그녀는 대답했다. 그녀의 펼쳐진 두 팔이 다시 그를 향해 왔다.

다음 대화에서 그는 다른 질문을 했다.

"우리 언제 결혼할까요?"

그는 이른 여명의 희미한 빛에서도 그녀가 화들짝 놀라는 것을 볼 수 있었다. 그러나 그녀가 그와 결혼할 마음이 없었다면 그에게 그토록 열정적으로 키스할 수 있게 절대 허락하지 않았을 터다. 그녀는 그가 자기를 아내로 맞이할 결심을 하지 않고서 대령의 딸을 그렇게 대하는 남자라고는 의심하지 않았을 터다.

"결혼, 결혼, 결혼. 아, 결혼 얘기를 하기엔 너무 늦은 밤인 걸요." 그녀는 어린 아이에게 말하듯 약간 너그럽게 웃었다. "아침에도 같은 생각일지 어떻게 알아요?"

"나는 취하지 않았습니다. 그런 뜻에서 말한 *거라면*." 윌리는 말했다. "내가 취해서 운전하지 않는다는 거 잘 알잖아요. 내일 아침이라면, 이미 그 아침이군요. 봐요, 날이 밝아오잖아요. 하루 중에서 결혼을 약속하는데 더 좋은 시간이 있을까요?"

데이지는 여전히 어리둥절해했다. 그녀는 동시대의 아이 즉 명랑하고 얄팍한 반면 돈만 바라지 않았고 계획적이지도 않았다. 결혼해야 한다는 건 알고 있었다. 여동생 두 명이 있었고 두 남동생은 아직 학교에 다녀서 아버지가 봉급 전액을 받으면서 인도에 살고 있는 상황에서도 가계에 큰 부담을 주고 있었다. 그녀가 자기 입으로 말했듯이 윌리는 아주 다정했다. 그녀는 윌리보다 더 다정한 사람을 만나본 적이 없었다. 그는 매력적이기까지 했다. 그런데도 그녀는 망설였다. 그는 아주 단순하고 아주 착했다. 그녀는 그와 결혼하는 것이 창피하다는, 설명할 수 없는 묘한 감정을 느꼈다. 그녀는 아이가 아이에게 하듯 핑계를 댔다.

"하지만 우리 가족들이 뭐라고 할까요?"

"내겐 가족이 없습니다." 윌리는 대답했다 "이모나 삼촌 한분 없어요. 내일 아침 아니 오늘 아침에 당신 아버지를 만나 뵐 겁니다. 어쩌면 당신한테 물어보기 전에 먼저 그래야했을지 몰라요. 그분이 반대하실 거라고 생각하지 않아요." 그는 약간 어줍게 덧붙였다. "당신도 알겠지만 봉급 외에 내게 돈이 조금 있습니다."

"아, 아빠는 반대하지 않을 거예요. 나를 보낼 수 있어서 고마워할 걸요. 그런데 윌리 당신은 진심으로 나와 결혼하고 싶은 거 맞아요? 나를 안지가 오래되지 않았고 인도에서 대령의 딸과 결혼한 사람들이 남은 인생을 후회하면서 산다고들 하잖아요. 윌리 당신은 후회하지 않을 것 같아요?"

그런데 정작 그녀는 그 질문을 하면서 그의 품속으로 더 가까이 파고 들어서 그가 가질지 모르는 의혹을 모조리 없애버렸다. 그들이 헤어진 것은 새벽녘이었고 그들은 결혼을 약속했다.

윌리는 다음날 있었던 서머스 대령과의 면담을 생생하게 기억했다. 오전에는 임무를 수행했고, 한낮은 인도에서 방문 시간으로 적절하지 않아서 그가 약속을 하고 대령의 방갈로에 도착해 안으로 안내를 받았을 때는 해질녘이었다. 그는 줄곧 초조한 상태였고, 정돈된 방에 들어갔을 때 차렷 자세를 취해야할지 말지 또 대령의 딸과 결혼을 승낙해 달라는 말을 군대식으로 해야 할지 갈피를 잡지 못했다. 그러나 곧 안심하게 됐다.

"앉아서 셰리주 한잔 하게나. 하루 종일 푹푹 찌네, 안 그런가? 그래도 저녁이 되니까 바람이 부는 군. 자, 용건이 뭔지 말해보게."

주저하면서 얘기를 시작한 윌리는 이미 데이지한테는 의향을 물었는데, 먼저 부친의 승낙을 구하지 않은 것을 사과한다고 솔직하게 털어놓았다. 대령은 놀란 척하지 않았다. 메링턴 중위가 자신에게 사적인 대화를 요청했다면 그 할 말이란 게 딱 하나 밖에 없다는 것쯤은 알고 있었다. 그는 망설이는 척 하지도 않았다. 그의 아내는 이미 신중한 장인이 미래의 사위에게 물어볼만한 모든 정보를 알아온 터다.

"좋아, 솔직히 말하지. 내 비록 자네를 잘 모르지만 자네는 내가 딸과 결혼했으면 하고 바라는 바로 그 젊은이 같군. 나는 승낙하고 축하하네. 내 딸이 자네에게 좋은 아내가 되길 빌겠네. 악수를 하세, 윌리."

그들은 인사를 하는 둥 행운을 빈다는 말을 하는 둥 하면서 악수를 했고 술잔을 비웠다. 파이프 담배에 불을 붙인 대령이 의자에 등을 기대고 말을 이었다.

"우스갯소리 같지만 자네는 나보다 데이지를 더 잘 아는 것 같군. 나는 거의 대부분의 시간을 집밖에 있어서 딸아이 얼굴도 제대로 보지 못해. 여자애들은 어릴 때와는 아주 다르지. 아마 세상의 모든 아버지 특히 인도 주둔군의 꽉 막힌 늙은 대령이라면 똑같은 얘기를 할 걸세. 말해보게. 데이지가 자네한테 댄스파티와 영화 말고 다른 얘기를 하던가?"

윌리는 웃었다. "아, 예, 대령님. 오만 가지 얘기를 합니다. 데이지는 아주 영리합니다. 물론 데이지는 아는 체 하거나 하지 않습니다. 다만 저는 대령님이 지식인이라고 칭하는 그런 부류는 아닙니다. 데이지는 우선 한 가지를 꼽으라면 말에 관심이 아주 많고 저도 그렇습니다."

"그렇군." 대령이 생각에 잠겨서 말했다. "나도 그건 눈치챘어. 눈치 챘다고." 그러나 그는 썩 기쁜 내색이 아니었다.

윌리에게는 대단한 저녁이었다. 나중에 그 소식을 외부에 알린 사람이 그 자신인지 데이지인지 확실하지 않았다. 두 사람

사이에는 그녀의 아버지가 틀림없다는데 의견의 일치를 보았다. 저녁식사 시간쯤에는 그 소식이 부대 전체에 퍼졌다. 윌리는 어디를 가든 축하를 받았고 동료 장교와 함께 사용하는 작은 방갈로에는 축하주를 들자고 들른 친구들로 가득했다.

가장 먼저 방문한 사람 중에 한 명이 말장수 캐핀이었다.

"내 마음을 아프게 만든 게 너로구나. 내가 그 아가씨와 결혼하려고 했으니까. 하지만 최고가 이긴다는 게 내 좌우명이지. 결혼 선물로 신부한테 멋진 승용 말 어때? 내가 딱 좋은 말을 알고 있는 거 같거든."

윌리는 웃으면서 기꺼이 한 번 그 말을 보겠다고 했다. 그는 말장수가 농담을 한다고 생각했다. 진심으로 데이지와 결혼할 생각을 했을 리 없다. 나이가 데이지의 아버지뻘이었다.

이후 이어진 몇 달은 윌리의 기억에 아련하고 흐릿하게 남아 있다. 그는 몹시 행복했고 그 시간들은 빠르게 지나갔다. 결혼 소식을 오즈번 부인에게 편지로 알리면서 주소를 잊어버린 사람들에게도 소식을 대신 전해달라고 부탁했다. 펠리시티에게도 편지를 써서 그녀의 동창과 결혼하게 됐다고, 그녀의 얘기를 많이 한다고 그들이 귀국하면 꼭 만나자고 했다. 오즈번 부인은 축하 답장과 함께 가족 소식 한보따리에 자신의 남편이 사용했던 은제 탄약통을 보내왔다. 펠리시티는 답장을 하지 않았다.

적당한 약혼반지를 사려고 캘커타까지 다녀왔는데, 그가 생각하기에 그곳은 지금까지 가본 가장 끔찍한 지역이었다. 그런데 동료 중에서 상당수는 그곳이 아주 재미있는 지역이라 최대한 자주 잠깐씩 다녀온다고 했다. 데이지는 반지를 받고 기뻐했다. 윌리와 함께 하는 시간에도 기뻐하는 것 같았다.

그들은 자주 만났고 한 번도 다툰 적이 없었다. 어쩌면 진정한 연인들은 이것이 나쁜 징조라고 경고할지도 모르겠다. 그들로서는 결혼 전보다 결혼 후에 더 많이 싸운다는 것은 틀린 생각이기 때문이다.

그는 그 이후의 모든 시간을 되돌아볼 때마다 뭔가 빠져있다는 것을 깨달았다. 그들은 함께 춤을 췄고 말을 탔고 춤과 말에 대해 얘기를 나누었다. 그녀는 캐핀이 결혼 선물로 팔고 싶어 하던 암말을 별 다른 이유 없이 거절했다. 그녀는 더 좋은 말이 있다는 소리를 들었다면서 어떤 경우에든 서두르지 말자고 말했다.

지속적인 교제에도 불구하고 윌리는 서로 더 가까워지지 않았다는 것을 깨달았다. 그들은 서로의 감정과 생각에 대해 전보다 더 많이 알지 못했고 그들을 약혼으로 이끌었던 열정적인 애무조차 다시 하지 않았다. 그런 기회가 전혀 오지 않는 느낌이랄까, 아니 윌리는 종종 데이지가 의도적으로 애무를 피한다고 생각했다. 그렇다고 해도 그는 그녀를 탓하지 않았을 것이다. 그런 망설임이 미혼여성의 수줍음 때문이라고 생각했기에.

이 기간 동안 그들이 나눈 대화중에서 그가 또렷하게 기억하는 것은 딱 하나였다. 평소처럼 파티를 끝내고 집으로 그녀를 데려다 주었을 때였다. 다만 이번에는 그녀의 아버지 차를 이용해서 앞좌석에 운전병이 타고 있었다. 그럼에도 불구하고 집에 도착했을 때 그녀는 베란다의 어두운 자리로 그를 이끌고 가서 그의 어깨에 두 손을 얹었다.

"윌리. 나는 당신을 많이 좋아해요. 그걸 믿어줬으면 하고 한 가지 내게 약속을 해주었으면 해요."

"물론 당신은 날 좋아하죠. 아니면 나랑 결혼하려고 하지 않을 테니까. 그리고 물론 나는 뭐든지 당신에게 약속할 게요." 그는 가볍게 말하면서 그녀에게 키스하려고 몸을 앞으로 내밀었다. 그러나 그녀가 그를 자제시켰다.

"아니, 진지한 거예요. 내게 약속해요. 당신은 약속하면 반드시 지킨다는 걸 알기 때문이에요."

"얼마든지요." 그는 말했다.

"내가 무슨 짓을 해도 날 용서하겠다고 약속해 줘요. 그리고 설령 내가 당신에게 상처를 준다고 해도 그러는 나도 슬프다는 걸 믿겠다고."

"물론이죠." 그는 대답했다. "당신도 내게 약속해요. 내가 못된 남편이 될 거라고."

"아뇨." 그녀는 끈질겼다. "이렇게 말해야 해요. '나는 언제나 당신을 용서하겠다고 약속해요, 데이지. 그리고 설령 당신이 내게 상처를 준다고 해도 나는 그러는 당신도 슬펐으리라 믿겠다고 약속해요."

그가 엄숙하게 말했고 그녀는 그 말을 작은 소리로 따라했다. 그녀의 두 손은 여전히 그의 어깨에 놓여 있었다. 말을 끝내자 그녀는 그를 가까이 끌어당기고 오랫동안 포옹했다.

며칠 후에 그녀는 말장수 캐핀과 달아났다.

영국 기병대의 기계화 과정에서 도입된 경전차 기종 중에 하나인 빅커스 Mk VI, 1937년
경. 출처: 임페리얼 전쟁박물관(Imperial War Museums)

제 5 장

남녀가 눈이 맞아 달아나는 일은 인도에 주둔하는 군대에서 한참 입길에 오르는 화젯거리였다. 윌리는 처음에 상처를 받았다기보다 깜짝 놀랐다. 심각한 상처를 받는 사람들은 종종 당시에는 그 사실을 인지하지 못하고 단순히 한방 먹었다는 정도로만 생각한다. 그는 자존심이 강하지 않아서 대부분의 젊은이들이 그러는 것과는 달리 자존심의 상처를 입지 않았다. 그는 막연히 데이지가 안 됐다는 느낌이 들었고 그녀의 아버지를 만난 후에는 대령이 아주 안 됐다는 느낌이 들었다.

그들의 면담도 윌리가 기억하는 것 중에 하나였다. 사람을 불러 그를 호출한 대령은 그가 방에 들어갔을 때 서 있었다.

"메링턴 군." 그는 엄숙할 정도의 분위기로 말문을 열었다.

"내 딸과 내 부하 장교의 행동에 대해 자네한테 사과하네. 가족과 부대를 생각하는 사람이라면 도저히 할 수 없는 짓이지."

"아, 대령님." 나이든 남자의 괴로운 모습에 마음이 약해진데다 자신이 한 약속을 떠올린 윌리가 끼어들었다. "데이지를 나무라지 마십시오. 비록 우둔하게 심지어 나쁘게 행동했을지는 모르지만 저는 데이지를 용서했습니다. 데이지가 심성이 착한 여자라는 걸 알기 때문입니다. 캐핀 대위는 비열한 사람입니다만 그런 사람이야 어느 부대에든 있기 마련입니다. 그리고 대령님의 연대는 인도 주둔군 중에서 가장 훌륭한 부대라는 건 모두가 압니다."

"메링턴." 대령이 말했다. "자네는 좋은, 참 좋은 친구야. 자네가 내 딸과 결혼했다면 얼마나 좋았겠나. 자네가 내 딸에겐 너무 과분하군 그래." 그는 요란하게 코를 풀었다. "잠깐 앉아서 얘기나 하세."

윌리는 상대의 당혹감에도 불구하고 이상하리만큼 편한 기분을 느끼면서 앉았다. 그리고 어떻게 그 소식을 처음 듣게 됐는지 또 얼마나 놀랐는지에 대해 말하기 시작했다.

"저는 데이지를 비난할 수 없습니다." 그는 말을 이어갔다. "원치 않은 저와의 결혼을 하지 않았다고 해서 그럴 수 없습니다. 사실 데이지가 정확히 옳았다는 생각이 듭니다. 사랑하지 않는 사람과 결혼하는 건 잘못된 것입니다. 그러나 제가 이해하지 못하는 것은 왜 그렇다고 제게 말을 하지 않았냐는 겁니다. 저는 물론 약혼을 취소하는데 동의했을 겁니다. 제가 일을 어렵게 만들지 않을 거라는 걸 데이지도 분명히 알고 있었을 텐데 말입니다. 얼마 동안 시간을 두었다가 캐핀과 약혼을 할 수 있었는데 말입니다."

"이 친구!" 대령이 괴로이 말했다. "자네는 사태를 전혀 이해 하지 못하고 이 사태의 부정함도 전혀 이해하지 못하는군 그 래. 캐핀은 유부남일세. 오랫동안 별거 중이라고는 하나 이혼은 하지 않았어. 그럴 수도 없지. 그 부부는 가톨릭교도니까. 아니 면 그런 척하는 건진 모르지만."

윌리는 섬뜩해졌다. "그렇다면 두 사람이 결혼하지 않고 함 께 살 거라는 말씀입니까?"

대령은 고개를 끄덕였다.

"허! 정말 야비한 놈이군요." 윌리는 소리쳤다. "데이지는 그 가 유부남이라는 걸 몰랐을 겁니다."

그러나 대령은 그에게 그 차가운 위안마저 허락하지 않았다. "그 놈 어머니가 내게 말하더군. 데이지도 정확히 알고 있었다 고."

윌리는 딱딱한 사람도 편협한 사람도 아니었다. 그가 대부분 의 동년배들보다 고상한 삶을 살아오긴 했지만 그건 고원한 원 칙이라기보다는 성깔이 없어서였다. 그는 동료 중에서 상당수 가 유부녀의 연인이라는 걸 알았고 그들이 남편의 면전에서 꽤 불편한 기분을 느끼긴 하겠지만 그렇다고 아주 나쁜 친구들은 아니라고 생각했다. 결혼의 유대는 예전보다 느슨했고 부부간 의 불륜은 과거보다 더 쉽게 용서된다는 것을 알고 있었다. 그는 동료들의 기준을 받아들였고 그들 걱정에 골머리를 앓는 일은 결코 없었다. 그러나 그가 아는 사람 중에서 젊은 미혼 여성들은 여전히 그의 눈에는 별개의 부류에 속해 있는 것 같았다. 기혼여성들은 원하는 것을 할 수 있는 반면 젊은 여성들은 유부남과 간통을 저지르고 자기 가족에게 수치를 준다는 것이 그가 보기엔 언어도단이었다.

그가 이 충격을 극복하기까지 오랜 시간이 걸렸다. 어쩌면 결코 극복하지 못했다고 말하는 편이 더 사실에 가까운지 모르겠다. 종종 데이지에게 한 약속을 떠올려야 했다. 이따금씩 그녀가 기만하여 그의 약속을 받아냈다는 느낌이 들었다. 그녀는 당시에 자기가 무슨 말을 하고 있는지 알고 있었던 게 분명했다. 여전히 그녀를 용서했다고 스스로 말하지만 그녀의 아버지에게 그렇게 말했을 때 그녀에게 느꼈던 따뜻한 감정을 더는 가질 수 없었다. 결국은 그녀가 나쁜 여자라는 불안감이 들었다. 지독한 불한당일 뿐 아니라 전혀 신사답지 않은 유부남과 눈이 맞아 도망쳤기 때문에.

윌리는 그 불행을 오즈번 부인에게 알리고 결혼선물로 받은 탄약통도 돌려줘야한다고 생각했다. 그것은 쓰기 어려운 편지였다. 자기표현은 그에게 결코 쉽지 않았고, 글로 자신을 표현하는 것은 말로 하는 것보다 훨씬 더 어려웠다. 몇 날 며칠을 편지와 씨름했지만 드디어 다 썼을 때는 큰 안도감을 느꼈다. 그리고 그때를 돌아볼 때마다 편지를 쓴 것이 자신의 감정을 이해하고 슬픔을 견디는데 도움이 됐다는 생각이 들었다.

처음에는 여자한테 차인 젊은 남자는 당연히 상심이 크다는 판에 박힌 생각을 너무도 쉽게 받아들였다. 순간순간 운 좋게 위기를 모면했다는 분명한 위로를 찾고 싶은 유혹이 너무도 컸다. 천성적으로 정직한 그였기에 아닌 척 그런 척 하고 싶은 마음이 없었으나 남녀를 막론하고 그의 주변 사람들은 이런 저런 가정을 세우고 그에게 접근하는 경향이 있었다. 이 로맨티스트들은 그의 손을 꼭 잡아주고 슬픈 눈으로 조용히 그를 쳐다보았다. 반면 세속적으로 현명한 사람들은 대개 축하의 의미로 그의 어깨를 토닥여 주었다. 그는 자신의 감정이 어떤 것인지 확신이 서지 않아서 슬픈 시선에는 역시 우울한 눈빛으로 대하고, 축하의 토닥임에는 나쁜 일에 휘말리지 않아서 다행인 척 대했다.

오즈번 부인에게 아주 간단하게 그러니까 실연의 아픔은 없는 대신에 실망과 불행의 감정이 든다고 말하는데 성공했다. 위기를 잘 넘겼다는 느낌은 들지 않는다고, 다만 데이지와의 결혼이 성공적이었을까 하는 의심은 든다고 말이다. 결혼하기를 원하고 가정을 꾸리고도 싶다고 썼다. 아름다운 여성이 자기를 사랑해주니 놀랍다는 생각이 들었고, 난생 처음으로 말과 부대를 벗어난 삶에 관심을 가졌노라고 썼다. 그러나 지금은 데이지를 용서했고 그녀를 향해 모진 감정을 품지 않기로 결심하긴 했지만 그녀와 결혼하지 않은 것이 둘을 위해서 더 나았다고 확신한다고 했다. 이런 확신이 그에게 위안을 주지만 행복을 주진 않는다고. 데이지는 그가 이전까지 갖지 못한 뭔가를 주었고 그것이 사라져버린 지금은 그것이 그립다고 말이다.
동반자와 함께 하는 삶을 원하게 되었다고. 그런데 그 동반자
가 사라져버린 터라 전보다 더 외로움을 느낀다고.

이 모두를 편지에 쓰는데 성공하고 마침내 오즈번 부인에게
보냈지만, 이러기까지 꽤 오랜 시간이 걸렸고 편지를 보내기
거의 직전에 낯선 필체로 영국에서 온 편지 한통을 받았다.

친애하는 윌리 오빠
데이지 서머스와 결혼하지 않았다니 정말 기뻐. 그
아이는 오빠에게 어울리는 여자가 아니야. 나는 그 아
이가 정말 마음에 안 들어.
사랑하는 펠리시티

윌리는 어린 시절의 펠리시티를 본 이후로는 만나지 못했다.
그리고 보니 펠리시티가 어느 덧 데이지와 동갑 아니 살짝 더
위일지 모른다는 사실이 믿겨지지 않았다. 데이지는 언제나 펠
리시티에 대해 서로 절친한 사이처럼 말했다. 그러나 윌리는
조금만 더 자세히 물어보면 거의 알지도 못하는 사람들과 친한
척 하는 것이 데이지의 결점 중에 하나임을 이미 알아채고 있
었다.

이 무렵에 윌리가 사용하지 않은 휴가가 많이 쌓여있는 상태
였다. 그는 그 편지를 받고나서 묘하게도 자신의 수양 가족을
다시 보고 싶다는 바람이 생겼다. 그리고 외로움이 부쩍 더 깊

어져서 영국에 가서 휴가를 보낼까도 마음먹었지만 인도 통치 군주의 초대를 포함하는 대규모 원정 사냥 소식이 전해지면서 그쪽으로 마음이 기울었다.

그는 나중에 이 결정을 후회했다. 원정을 떠나기에 앞서서 오즈번 부인으로부터 장문의 편지를 받았다. 상냥하고 인정이 넘치는 편지였고 오즈번 부인이 전보다도 더 그를 잘 이해해주는 것 같았다. 임무를 받고 말레이 반도로 갔다는 가닛, 웨스트엔드에서 작지만 중요한 역을 성공적으로 끝마쳤다는 호리에 대한 소식도 있었다. 펠리시티는 그녀와 옛집에서 함께 살고 있다고 했다. 펠리시티는 런던에 갈 때가 잦고 호리를 자주 만난다고 했다. 오즈번 부인은 은제 탄약통을 다시 보내면서 자기를 기억하는 의미로 늘 간직해줬으면 좋겠다고 했다.

그가 석 달 후에 연대로 복귀했을 때 오즈번 부인이 세상을 떠났다는 호리의 편지가 와 있었다.

영국군이 세포이 항쟁 관련자들을 대포 앞에 세우고 발포하는 "대포 처형" 모습(1857년). 반영 민족 항쟁인 세포이 항쟁이 실패함으로써 영국 빅토리아 여왕이 직접 인도를 지배하는 영국령 인도 시대가 시작됐고 인도 현지인들은 여전히 인도 주둔 영국군의 중추 역할을 함.

영국의 인도 통치기(1947년 이전)에 인도 주둔 영국군 장교나 관료가 생활했던 방갈로 중에 하나.

제6장

　연대의 인도 복무기간이 끝나고 장병들이 귀국을 기대하고 있을 때, 이집트로 이동하라는 명령이 떨어짐으로써 상당한 실망과 불만을 야기했다. 해외주둔 복무지침에 따르면 부대원들은 이집트에서 3년에 이어 인도에서 5년 복무토록 규정되어 있지만 복잡한 정치 상황 때문에 곧바로 인도 주둔이 결정됐다. 그렇다보니 부대원들은 순진하게도 파병의 첫 임무기간을 면제받았다고 생각해왔다. 전쟁성은 이 상황을 간과했는지는 모르지만 잊지는 않았다. 더구나 특정 연대만 우대해야하는 이유는 없었기에 윌리의 연대는 병력이동의 정상적인 수행 차원에서 5년의 인도 복무에 이어 이집트로 이동해 3년을 복무했나.

윌리는 이집트 주둔 동안에 벌어진 일을 거의 기억하지 못했다. 인도에서보다는 훨씬 덜 즐거웠다. 폴로와 경주가 많이 열렸지만 둘 다 직업적인 성격이 더 강했다. 인도에서는 군대가 삶의 중심 같았지만 이집트에서는 그저 보조적이었다. 인도에서는 식사시간에 정치 얘기를 일절 하지 않았다. 인도에서는 모두가 영국의 세력과 위신이 감소되는 쪽으로 향해가는 일관적인 동향을 알고 있었고, 그것을 유감스럽게 여겼다. 그렇다고 그것에 관해 할 말도 할 일도 거의 없었다. 그런 일들은 영국 제국을 파괴하고 그 군대를 무너뜨리려고 혈안이 된 것 같은 정치인들에 의해 좌우되었다.

반면에 이집트에서의 정치는 대화의 일상적인 주제였고 모두가 그것에 관해 잘 알고 있는 것 같았다. 위대한 군인이었던 앨런비 경은 쇠약해져서 원주민에게 굴복했지만 정치가인 로이드 경은 강고하게 굴복하기를 거부하는 것 같았다. 이 모든 것이 윌리에게는 너무도 당혹스러웠다. 인도에서는 공간적으로 또 시간적으로 현대 세계와 동떨어져 있다는 느낌을 가질 수 있었다. 이집트에서는 현대 세계의 중심에 있게 됐고 편안함을 느낄 수 없었다.

휴가 때 영국으로 돌아갈까 한두 번 생각했지만 그때마다 더 매력적인 대안들이 나타났다. 수단을 방문했고 케냐와 아비시니아(에티오피아의 옛 이름—옮긴이)로 사냥 여행을 떠났다. 이것이 그가 즐긴 일들이었지만 카이로와 알렉산드리아는 마음에 들지 않았다.

이집트 요리사들이 밀가루를 반죽하고 빵을 굽는 모습, 제임스 맥베이 작. 출처: 임페리얼 전쟁박물관

　이집트에 있는 동안 그는 서른 살을 맞았고 대위로 진급했다. 두 가지 다 그리 만족스럽지 않았다. 서른은 그에게 중년을 의미했고, 진급이 기쁘긴 하나 다른 연대에서는 그보다 하급자들이 여전히 실전을 경험하고 있었다. 게다가 수많은 민간인들—그가 종종 만나는 사람들—이 화려한 실전 경력을 보유했고 심지어 임시 지휘관으로 대대를 이끌기도 한 뒤에 지금은 군 계급장을 훌훌 털어내 버렸다. 이런 사람들 앞에 있노라면 쓸데없는 자격지심을 느꼈는데 마치 자신이 계급장을 달았지만 그에 걸맞는 자격은 없는 사람처럼 느껴졌다.

　영국으로 돌아갈 시간이 되자 그는 너무 오랫동안 떠나 있었던 건 아닐까 과장된 생각이 들었다. 소년이었을 때 떠나와서 노인으로 돌아가는 느낌이었다. 심지어 친구들이 그를 알아보기는 할까 의구심이 들었다. 그래서 영국에 도착한 다음날 아침에 홀 포터(호텔 등의 출입구에서 손님의 짐을 운반하거나 심부름을 하는 종업원—옮긴이)가 그에게 아는 척 고개를 끄덕였을 때 또 클럽에 들러서 불과 몇 분도 지나지 않아 지인의 일상적인 인사 그러니까 "어이, 윌리! 오랜만이야. 어디 외국에라도 나가 있었나?"라는 말을 들었을 때 그는 적잖이 놀랐다.

클럽은 외톨이에게 멋진 가정을 제공하고 이따금씩 가정을 벗어난 편안한 피난처가 필요한 사람에게도 원하는 것을 제공한다. 클럽에는 충실하고 오래된 직원들이 있는데, 그들은 늘 회원들을 반기고 가사도우미와는 달리 자신의 환경을 불평하지도 않고 자기들끼리 싸우지도 않는다. 설령 그런 일이 있다고 해도 일반 회원들의 귀에는 결코 들어가지 않는다. 돈을 주고 살만한 가치는 거의 없지만 한번 훑어보기에는 괜찮은 일간지와 주간지 전종을 구비하고 있다. 의자는 편안하고 간단한 음식물들을 언제든 쉽게 섭취할 수 있다. 무엇보다 교제의 편안함이 있다.

대화는 가볍게 시작되고 부담이 될 만한 시점에는 역시나 가볍게 끝이 나는데, 어느 한쪽에 위협이 될 만한 시점에서도 마찬가지다. 화제가 부족한 경우는 없다. 뉴스가 화제를 제공하는데, 예를 들어 윌리의 경우에는 그중에서도 경주 뉴스 같은 것이 그랬다. 화제는 마르지 않는 익명의 출처에서 샘솟는 아주

재밌는 이야기에 따라 바뀌기 마련이다. 그리고 어떤 이유에서
인지는 모르겠지만 이런 이야기들은 다른 어느 곳에서보다 클
럽에서 들을 때 훨씬 더 재미있다.

윌리는 이 남자들의 모임에서 특히 자기와 같은 부류의 남자
들 사이에서 행복했다. 클럽에 들어온 지 30분도 지나지 않아
서 다시는 그곳을 떠나고 싶지 않은 기분을 느끼곤 했다. 점심
식사 후에 오후 시간의 대부분을 호리가 공연하는 극장이 어디

인지 찾아보았고, 홀 포터의 도움으로 마침내 어디인지 알아냈다. 그는 표를 사고 혼자 그곳으로 갔다. 그것은 훌륭한 희극이었고 참 오랜만에 공연을 본 윌리는 마음껏 즐겼다. 멋진 배역을 맡은 호리가 뛰어난 연기를 보여준 것 같았다. 게다가 호리는 윌리가 기억하는 모습보다 더 젊어지고 더 커진 것 같았다. 그러나 나중에 만나보니 호리는 거의 변하지 않았다.

윌리는 호리에게 무대출입구에서 기다리고 있겠다고 저녁을 함께 하자고 쪽지를 보냈다. 그들이 만났을 때 호리는 어느 때보다도 유쾌하고 열정적으로 윌리를 부둥켜안았고 윌리를 만난 것에 진심으로 기뻐했다.

"운발이 끝내주네." 그가 소리쳤다. "공연이 끝나고 펠리시티와 만나기로 했거든. 룰스(코벤트 가든의 메이든 레인에 있는 레스토랑—옮긴이)에 있을 거야. 너는 한 번에 가족 대부분을 만날 수 있게 됐네. 가닛 형이 없는 게 아쉽지만 말이야. 작년 휴가 때 집에 왔다가 극동으로 돌아갔어. 언제 또 형을 만나게 될지 모르겠어. 룰스는 여기서 가까우니까 걸어가면 돼."

그 레스토랑까지 걸어가는 동안 윌리는 연극에 대해 말하면서 진심으로 잘 봤고 호리의 연기에 깊은 인상을 받았다고 했다. 호리는 아주 기뻐했다. 모든 배우들 실상 모든 예술가들은 칭찬에 행복해진다. 윌리의 칭찬은 진심에서 우러난 솔직한 것이라서 호리보다 나이 많고 냉담한 사람이라도 기뻐했을 터다.

그래서 그들이 레스토랑에 도착했을 때는 둘 다 행복하게 웃고 있었다. 구석 자리에서 키 크고 가무잡잡한 아가씨가 일어서더니 그들을 향해 다가왔다. 그녀는 처음에는 호기심어린 시선을 호리에서 함께 온 일행 쪽으로 옮기더니 이내 그가 누구인지 알아보았다. "윌리 오빠잖아." 그녀는 윌리의 손을 잡고 그의 뺨에 키스를 했다. 어찌나 우아하고 자연스럽던지 윌리는 조금도 당황하지 않고 오히려 행복의 전율을 느꼈다.

"나를 알아보다니 참 똑똑한 걸." 윌리는 말했다. "오빠는 하나도 안 변했구나." 그녀가 말했다.

"글쎄, 너는 많이 변했어." 그가 말했다. "내가 널 마지막을 봤을 때만 해도 머리를 땋은 꼬맹이였거든. 내가 영국에 있었던 마지막 오륙년 동안 너를 한 번도 못 봤지 아마."

이어서 음식을 주문하는 동안에 윌리가 정확히 언제 펠리시티를 마지막으로 봤는지 그때 그녀의 나이가 몇 살이었는지 그녀가 땋은 머리를 하고 있었는지 아니었는지 토론이 벌어졌다. 모든 역사적 사실처럼 이 논쟁 또한 기묘하게도 어느 쪽이라고 확정하기 어려웠다. 호리까지 이 논쟁에 끼어들더니 두 사람과는 또 다른 견해를 고집했다.

"어쨌든." 이 토론에 지루해진 펠리시티가 말했다. "제일 중요한 건 그때 나는 어린아이였고 지금은 성인 여자라는 거야. 그리고 그때 오빠는 청년이었고 지금도 청년이라는 거지."

"몇 살까지가 청년이지?" 윌리가 물었다.

"내 직업에서는 대충 예순까지." 호리가 말했다. "그 다음에는 불분명한 기간 동안 중년으로 있다가 갑자기 확 늙어버리게 되지."

펠리시티는 웃었다. "여자들도 그랬으면 좋겠네."

"엄청 노력해야할 걸." 호리는 이렇게 말했고 이번에는 여배우들의 나이에 대한 논쟁이 시작됐다. 그들이 말하는 사람들이 누구인지 그것도 세례명이나 더 친근한 별칭으로 부르는 여자들이 누구인지 알 수 없었던 윌리로선 그 대화에 끼어들 여지가 없었다. 그래서 그는 펠리시티를 바라볼 수 있는 기회를 얻었다. 처음에는 눈이 부시다는 느낌이 들었다. 불현 듯 데이지 서머스가 한 말 그러니까 펠리시티가 아름답다고 한 말이 떠올랐다. 그런데 어떤 이유에서인지 그는 펠리시티의 아름다움을 대할 준비가 되어 있지 않았다. 그냥 그런 생각을 해보지 않았던 것이다.

펠리시티는 그가 지금까지 본 여자 중에서 가장 아름다웠다. 크고 검은 눈, 짧은 곱슬머리, 제스처의 우아함, 대화의 활기, 태도의 명료함, 교태를 부리지 않고 애써 즐거운 척 안달하지 않는 점까지 그에게 깊은 인상을 주는 그 모든 것을 제대로 이해하기가 어려웠다. 한순간은 크게 웃고 싶다가도 다음 순간에는 호리랑 나가서 샴페인 한 병을 마시고 싶었고 그 다음에는 다시 만사 제쳐놓고 지금 있는 그 자리에 영원히 남아서 말없이 보고 듣고만 있으면 더 바랄 게 없는 심정이 되었다. 그는 잠시 동안 자기가 취했나 싶었다. 그가 난생처음 사랑에 빠졌다는 것을 알게 된 것은 나중에 혼자 있게 됐을 때였다.

그가 행복했던 한 가지 이유는 그날 저녁 호리와 펠리시티가 그를 가족의 일원으로 대해주었기 때문이다. 그들은 윌리를 만나서 진심으로 기뻐하는 것 같았지만 낯선 사람을 대할 때와 같은 배려심은 보여주지 않았다. 두 사람은 윌리가 무지한 문제와 그가 모르는 사람들에 관해 거리낌 없이 얘기했다. 그들에게 윌리를 대화에 끼워주려는 의무감 같은 것은 없었다. 이것이 윌리에게 새로운 기분 그러니까 집에 와 있는 기분을 느끼게 했다.

그는 룰스를 좋아했다. 자유분방한 분위기 그러면서도 현대적인 느낌은 전혀 없었다. 호리와 펠리시티가 그곳을 나와서 윌리를 데려간 곳은 코벤트 가든에 있는 레이트 조이스 또는 플레이어스 클럽이라는 곳이었다. 이곳에서 그들은 맥주를 마시고 핫소시지를 먹으며 버라이어티 쇼를 구경했다. 배우와 관객 대부분은 서로 잘 아는 사이 같았고 모두가 한목소리로 합창을 했다. 지난 세기의 뮤직홀에서 노래가 들려왔고 이런 쇼를 처음 본 윌리에게는 모든 것이 완벽해 보였다. 형과 여동생이 그를 저민 가까이 데려다 주었을 때는 늦은 시간이었다. 윌리는 용케 그 거리에서 전에 살았던 곳의 빈 플랫을 찾아냈던 터다. 두 사람은 첼시 방향으로 돌아섰다.

"내일 점심 같이 하는 거 어때?" 윌리는 펠리시티에게 물었다.

"오빠, 내일은 안 돼."

"내가 아침에 전화하는 건 어때?"

"내가 있는 곳엔 전화가 없어. 하지만 조만간 또 만나게 될 거야."

"호리 형은 어때?"

"내일은 낮 공연이 있어. 내 전화 번호 알려줄게. 아무 때나 내킬 때 전화해. 그때 약속을 정하자고. 잘 자라, 윌리."

"잘 가."

윌리는 다음날 아무 약속도 잡지 못해서 조금 아쉬웠지만 그날 밤 그가 잠자리에 들면서 느낀 커다란 행복감을 망칠 정도는 아니었다.

코벤트 가든 극장(1804년)

제7장

윌리는 갖은 노력을 해봤지만 런던을 떠나기 전에 펠리시티를 다시 만나지 못했다. 펠리시티가 브라이튼으로 갔다는 소식을 들었던 그는 멀리 떨어진 자신의 연대에 복귀해야 했다. 다음에 런던에 왔을 때 펠리시티는 여전히 부재중이었지만 윌리는 가능한 호리를 자주 만나서 최대한 대화의 주제를 펠리시티로 잡았다. 윌리는 펠리시티를 알아온 지 오래됐음에도 불구하고 그녀에 대해 아는 것이 거의 없다는 느낌이 들었다. 펠리시티가 어떤 친구들과 지내는지, 어떤 삶을 살아가고 있는지 그로서는 알 수가 없었고 너무도 알고 싶었다.

알고 보니 호리는 놀라울 정도로 도움이 되지 않았다. 많은 배우들이 그러하듯 호리도 극히 자기중심적이었다. 다정하고 사교적이며 아주 관대한 호리는 친구들을 만나는데 언제나 꾸밈없이 기뻐했지만 만나지 않을 때는 그들에 대해 아예 생각도 하지 않았다. 그는 자신의 여동생에 대해서도 그랬다. 그는 누구보다 펠리시티를 아꼈다. 펠리시티가 부탁한다면 무엇이든 들어줄 것이다. 그런데 그런 여동생이 없을 때는 아예 생각조차 하지 않았고 설령 함께 있을 때에도 계획이나 장래에 대해 물어보는 법이 없었다.

"그건 그렇고 펠리시티가 어떻게 지내고 있느냐까, 응?" 윌리는 물었다. "파티에 갈 때 누가 챙겨주고 데려가지?"

호리는 대수학 문제를 풀어보라는 요청을 받았어도 그 정도로 난감한 표정을 짓지는 않았을 터다. 그 자신이 한 번도 해본 적이 없는 질문이었던 것이다.

"그러니까 너도 알다시피." 그는 아주 머뭇거리면서 말했다. "엄마가 돌아가시기 전에 펠리시티는 이미 어른이 됐잖아. 올더숏(영국, 잉글랜드 남부, 햄프셔 주 북동부의 도시로 런던 남서쪽 57km거리에 있는데 영국 육군 최초의 상설훈련소가 이곳에 설치됨—옮긴이)에서 열리는 칙칙한 파티에 가곤 했던 것 같아. 그 다음에는 사람들 그러니까 엄마의 친구 분들이 펠리시티한테 그냥 런던에 있으라고 부탁했어. 그때 펠리시티가 연기에 완전히 꽂혀서 왕립연극학교에 들어갔어. 그러고는 아마추어 식자층 연극 같은 데서 작은 배역을 맡았지만 경력에 별 도움은 되지 않았지. 친구가 많고 항상 행복해 보여." 이것이 호리가 거의 변명하듯이 한 대답이었다.

"그런데 돈은 어쩌고?"

호리의 얼굴이 밝아졌다. 그가 대답할 수 있는 질문이었다.

"아, 돈 걱정은 안 해. 엄마가 펠리시티한테 최대한 남겨주셨거든. 가닛 형이 그때 여기 있었는데 모든 일을 완벽하게 처리해 놓았어. 갚아야할 빚 다 갚고 팔 것 다 팔고 유언 검인을 받아 나머지까지 다 집행하고 나서 형과 나는 천 파운드씩 나눠 가졌어. 그리고 펠리시티에게는 생계비 형태로 일 년에 오백 파운드 정도의 적금을 들어놨어. 금테 두른 증권 뭐 그런 거 있잖아. 엄청난 금액은 아니지만 펠리시티가 굶어죽진 않을 거야. 그리고 돈이 더 필요할 때는 웨스트엔드의 총아이자 허리우드의 대성공을 예약한 이 부자 오빠한테 와서 부탁하기만 하면 되니까."

호리가 유명세를 얻고 이미 영화에도 성공적으로 진출한 것은 사실이나 윌리가 진짜 알고 싶은 것은 오즈번 가족의 재정 상태가 아니었다.

"젊은 남자애들이나 뭐 그런 건 어때?" 그는 어렵사리 아무렇지 않은 척 그 질문을 던졌다.

"아, 많지." 호리는 대답했다. "식당에서 볼 때마다 항상 남자애들이랑 있거든. 하지만 그중에서 아는 녀석은 없어. 펠리시티가 소개를 해주지 않아서."

"어떤 애들인데?" 윌리가 물었다.

"윌리 너 같지는 않지." 호리는 웃었다. "눈곱만큼도 같지 않아. 물러터진 녀석들이지. 화려한 셔츠와 긴 머리. 난 늘 그 녀석들이 밥값을 내면 좋겠다는 생각을 해. 요즘에는 여자들이 그런 남자를 좋아하나 봐. 그게 이따금씩 이해가 되지 않아."

윌리의 마음은 복잡했다. 안도감이 제일 강했다.

"펠리시티는 어디에 살아?" 다음 질문이었다.

"플랫을 알아보고 있는데 그동안은 여자 친구랑 같이 살고 있어. 요즘 플랫 구하기가 하늘에 별 따기야. 나도 얼마 전에 극단과 가까워서 괜찮겠다 싶은 블룸즈버리의 플랫 하나를 보고 왔거든." 이어서 호리는 펠리시티의 생활보다 더 관심사인 자신의 미래에 대해 장황하게 얘기했다.

헤어지기 전에 윌리는 다음에(이미 날짜까지 정해놓은) 런던에서 만날 때를 대비해 계획을 세워놓겠다는 호리의 약속을 받아냈다. 호리는 성황리에 상연 중이고 펠리시티가 보고 싶다는 연극의 표를 구해놓겠다고 했다. 그러면 윌리가 펠리시티를 극장에 데려가는 것으로 말이다. 연극이 끝난 후에 모두 모여서 저녁식사를 하기로 했고 호리는 파티의 완벽한 마무리를 위하여 다른 여자 한명을 데려오기로 했다.

이리하여 윌리는 특정일을 손꼽아 기다리는, 위안을 얻은 기분으로 북쪽으로 향했다. 부대로 복귀할 때는 위안이 필요했다. 충격의 바람이 불어 닥쳐서 부대는 곧 기계화 수순을 밟을 예정이었기 때문이다. 그 충격을 더 감당하기 어렵게 만든 소식이 있으니, 이삼 년 물러나 있던 해밀턴이 부연대장으로 복귀한다는 것이었다.

윌리의 마음에 고려해야할 진로의 하나이자 바람직한 삶을 송두리째 포기하시는 않는 방편으로 전역 문제를 저절로 떠올렸던 것이 이 시점이었다. 그는 기계에는 일말의 관심도 없었다. 동시대인들이 자동차에 갖는 관심 같은 것이 그에겐 조금도 없었다. 자동차가 있으면 유용하다는 것을 인정하고 서투르게나마 운전을 배우기도 했지만 그것이 고장이 날 때마다 수리하네 마네 하고 싶지 않았다. 심지어 기병 장교가 반드시 습득해야 하는 사소한 소총사격술과 기관총 지식마저 그에게는 어려운 일이었다. 그래서 그는 그런 지식에 대해 시험받는 걸 좋아하지 않았다.

그와 같은 시기와 그 이후에 입대한 동료 중에서 상당수가 군을 떠나고 있었고 기계화 소식은 이런 움직임을 촉진했다. 그런 동료 중 한 명이 "늙은 개에게 새로운 재주를 가르치기 힘들다."라는 말을 했는데 오래된 생각을 바꾸기 어렵다는 그 속담은 어떤 이유에서인지 그의 마음에 오랫동안 남아 있다가 전역 가능성을 가늠해볼 때마다 계속 떠오르곤 했다. 그는 아직 젊고 활동적인데다 전쟁 소문이 들려오는 시점이었다. 그의 야망을 이루게 될 전쟁이 발발할지 몰랐고 그렇다면 그는 연대와 함께 참전할 것이다.

윌리가 손꼽아 기다리던 그 저녁이 왔다. 펠리시티가 소형차를 몰고 클럽으로 그를 데리러 왔다. 그는 창가에 서서 그녀를 기다리고 있었다. 그런 미인의 부름을 받는다니 그는 우쭐해졌다. 극장에서 그들의 좌석은 박스석이어서 편안하고 친밀한 기분이 들었다. 막간에 펠리시티는 그를 데리고 바에 들렀고 그곳에서 그녀는 진 오렌지 윌리는 위스키소다를 마셨다. 그는 다른 여자였다면 그렇게 마시는 걸 찬성하지 않았겠지만 펠리시티와는 아무 문제될 게 없었다. 그녀와 대화하는데 어려움이 없었다. 일사천리로 대화가 이어졌다. 그녀는 어린 시절에 윌리가 자기의 영웅이었다고 말했다. 그는 기쁨에 전율했고 그 이유를 물었다.

"아, 모르겠어." 그녀는 말했다. "아마도 다른 두 명은 친오빠들이고 그들 말고는 아는 사람이 오빠 밖에 없어서였을 거야."

윌리는 실망했다. 그는 호리가 저녁식사 자리에 누구를 데려오는지 물었다.

"아마 미리엄 러브일 거야." 그녀는 대답했다. "두 사람은 아주 오래전부터 친구 사이니까. 호리 오빠가 가끔씩 궤도에서 벗어나고, 미리엄도 그럴 때가 있지만 결국은 다시 만나더라고."

"어떻게 생긴 여자야? 하는 일은?" 윌리가 물었다.

"아주 예뻐. 배우야. 하지만 지금은 배역이 없어. 지방에서 셰익스피어 극에 출연하는 평범한 배우와 결혼했어."

"호리 형이 그 여자를 사랑해?"

"응. 진심으로 사랑하는 것 같아."

"결혼할까?"

"두 사람 모두 그런 일은 벌어지지 않을 것 같아. 미리엄은 이혼하지 않았으니 당장은 불가능해. 아참, 오빠. 데이지 서머스 얘기 좀 해봐. 오빠가 그 애랑 결혼하지 않아서 얼마나 기쁜지 몰라. 어떻게 된 거야?"

윌리는 최대한 줄여서 얘기했고 펠리시티는 공감하면서 귀를 기울였다. 그는 펠리시티의 편지를 받아서 참 기뻤다는 말로 갈무리하면서 편지를 쓴 이유에 대해 물어보았다.

"아, 글쎄." 그녀는 말했다. "오빠를 종종 생각했는데, 그런 여자랑 약혼했다는 소식을 듣고 이건 아니다 싶더라고."

"데이지를 나쁜 여자로 생각했구나?"

"에이, 아냐. 그냥 멍청하고 평범하고 무딘 정도." 그들은 사보이 그릴로 자리를 옮겼고, 그곳에서 호리와 미리엄 러브를 만났다. 윌리는 오래전 그날 밤 호리와 함께 있었던 그 여자를 단번에 기억해냈다. 윌리의 동료 장교들과 합석하는 게 어떠냐고 호리에게 권했던 날. 그 여자는 10년의 세월에도 거의 변하지 않았다. 윌리는 오히려 그녀가 훨씬 더 아름다워졌다고 생각했다. 윌리가 그들도 기억하는 그날 밤을 상기시키자 그들은 호리가 얼마나 화를 냈던가를 말하면서 크게 웃었다.

"지금도 별 거 아닌 일로 엄청 화를 내곤 해요." 미리엄이 말했다. "며칠 전에도 양심적 병역 거부자 문제로 지독하게 싸웠다니까요. 내가 그들을 총살시켜야 한다고 했거든요. 총살당할 걸 안다면 그렇게 하지 않을 거라고 말이죠. 프랑스나 독일에는 그런 사람들이 없잖아요. 그러니까 호리가 미친 듯이 화를 내면서 그들은 이 나라에서 가장 용감한 사람들이라고 말하지 뭐예요. 그러면서 또 전쟁이 벌어진다면 자기가 직접 양심적 병역 거부자가 되겠대요."

"에이, 형!" 윌리는 말했다. "어떻게 그럴 수 있어?"

"그건 미리엄 잘못이야." 호리가 말했다. "언쟁을 극단으로 부채질하는 재주가 있거든. 언제나 요점에 벗어나지. 만약에 누가 중국인은 아주 좋은 사람들이라고 말한다면, 이 여자는 이렇게 말한다니까. '그래서 중국인이랑 자고 싶어?' 아니라고 말하면, 또 이러는 거야. '거봐, 알면서 그래.' 그러면서 자기가 논쟁에서 이겼다고 생각하지. 만약에 자고 싶다고 말하면, 어떻게 되냐고. 이렇게 말하지. '더러운 짐승!'"

유쾌한 파티였다. 모두가 하고 싶은 말이 많았다. 윌리는 다른 일행에 비해 말수가 적었지만 그렇다고 소외감을 느끼진 않았다. 그가 플레이어스 클럽에 가는 게 어떠냐고 제안했을 때는 너무 늦은 시간이었다. 호리와 미리엄은 함께 떠났고 윌리는 펠리시티와 남았다.

"다른데 가면 안 될까?" 그가 물었다.

"안 돼." 그녀는 무 자르듯이 말했다. "피곤해. 차에 타. 데려다 줄 게. 같은 방향이니까."

그는 고집을 피워봐야 소용없다는 것을 알고 있었다. 그날 밤의 모든 순간이 즐거웠음에도 불구하고 왠지 실패한 느낌으로 남게 됐다. 그는 여자들이 차를 가지고 운전을 하는 것이 별로라고 생각했다. 특히 밤에는 그랬다. 택시면 어떤가? 그는 집 앞에 내려주고 떠나는 그녀를 향해 지르퉁하다시피 작별 인사를 건넸다.

그해 남아있는 여름 동안, 윌리는 최대한 자주 펠리시티를 만났 다. 그녀는 약속이 많아 보였는데 누구와 만나는지 그에게 말한 적이  없었다. 자기 친구들에게 윌리를 소개한 적도 없었고 그렇게 해 달라고 윌리가 청했을 때는 만나봐야 그리 즐겁지 않을 것 같다고 말했다.

"그러니까 나 때문에 네 친구들이 즐겁지 않을 거란 얘기구 나." 그는 말했다.

"아니야." 그녀는 대답했다. "다만 그 친구들은 오빠의 관점 을 이해하지 않을 거고 오빠는 그 친구들의 관점을 이해하지 않을 거야."

그녀는 그와의 만남을 변함없이 아주 즐거워했고, 그가 그를 사랑한다고 말하진 않았지만 그래도 그녀는 알고 있음이 분명 했다. 휴가철이 됐을 때 그녀는 아무 말 없이 사라졌다. 그는 그녀가 브리타니(브르타뉴의 영어 명칭. 프랑스 서부 반도—옮긴이)로 갔다는 말을 들었다. 그는 스코틀랜드와 아일랜드를 방문하여 총사냥 과 낚시를 하면서 가능한 펠리시티에 대해 또 미래에 대해 생 각을 하지 않으려고 했다. 그는 아무 말 없이 떠나버린 펠리시티 때문에 상처를 받았고 그녀를 잊어버리는 섯이 현명하다고 생각했다. 그렇게 되고 있다는 희망이 생기기 시작했다.

그 겨울이 가는 길목에서 윌리는 어느 일요일 저녁을 런던에서 보내야 하는 상황에 처했다. 그는 호리에게 전화를 했고 그들은 소호에 있는 작은 레스토랑에서 함께 식사를 하기로 약속했다. 그가 도착했을 때 호리는 3인석 테이블에서 기다리고 있었다.

"펠리시티가 올 거야." 호리가 설명했다. "우리 둘만 만나기로 했다는데도 오겠다고 고집을 피우더라고."

기다리는 동안 윌리는 미리엄 얘기를 꺼내고 모르는 척 시치미를 떼고서 호리에게 몇 년 전에 한 말처럼 아직도 그녀를 동생으로만 여기고 있는지 물어보았다. 호리는 조금도 당황하지 않고 솔직하게 대답했다.

"아니. 그런 플라토닉하고 받들어 모시는 일들은 오래가지 않더라고. 평범한 사람들 사이에선 그렇다는 거야. 그녀의 삼류 배우 남편이 먼저 외도를 했으니 그녀가 계속 남편한테 충실할 필요는 없지. 그녀는 아주 당당한 여자야. 그리고 고운 마음씨를 가졌지. 나는 그녀를 사랑해."

"둘이 결혼하지 그래?" 윌리는 물었다.

"무대에서나 무대 밖에서나 역겨운 그 삼류배우는 이혼해 주지 않을 거야. 그 인간은 자기가 유혹한 여자들을 몽땅 사기녀들로 만들면서까지 핑계를 대고 있어. 우리는 지금 이대로가 가장 행복해."

"아이는 갖고 싶지 않아?"

"그런지 아닌지 확실히 모르겠어." 호리는 이렇게 말하더니 더 진지해졌다. "나는 재밌게 지내고 삶을 즐기고 있어. 행운아 중에 하나지. 하지만 이 세상에 더 큰 야망은 없어. 그리고 누군가를 이 세상에 태어나게 해서 호의를 베풀어야한다고 생각하지도 않아."

펠리시티는 늦게 도착했다. 레스토랑의 문이 활짝 열렸을 때 윌리는 그녀라고 단박에 알아챘다. 그리고 그녀가 빠르게 걸어 들어와서 아무 변명도 사과도 없이 자리에 앉았을 때 그는 그 어느 때보다도 그녀를 더 사랑하고 있음을 느꼈다. 그녀와 함께 하니 얼마나 행복한지! 또 호리와 함께 한 것도! 그들과의 대화는 다른 친구들과의 그것과 얼마나 다른가! 또 얼마나 한 없이 유쾌한가! 그들은 키안티^(이탈리아 토스카나 지방 특산의 포도주—옮긴이)를 마시면서 다른 손님들 모두와 종업원 대부분이 떠날 때까지 이야기꽃을 피웠다. 나중엔 레스토랑 사장이 직접 머뭇거리면서 문 닫을 시간이 한참 지났다고 말할 때까지 리큐어^(혼성주의 하나로 알코올에 설탕과 식물성 향료 따위를 섞어서 만듦—옮긴이)를 마셨다. 그들은 택시를 탔고 호리를 먼저 데려다주었다. 윌리는 펠리시티에게 첼시로 돌아가자고 졸랐다. 그는 그녀를 껴안고 열정적으로 키스했다. 그녀는 거부하지 않았다. 그가 이 세상 전부보다 그녀를 사랑한다고, 그 누구도 이렇게 사랑한 적이 없다고 말했을 때 그녀는 이렇게 대답했다. "자기야."

그 단어는 그녀가 자주 사용하는 것이 아니었다. 그녀 또래

대다수는 그 단어에서 아름다움을 빼앗아서 가장 흔한 어휘로 만들고 저속하게 변질시켰다. 그러나 그녀의 낭랑하고 낮은 목소리 속에서 그 단어는 특유의 짙은 부드러움을 유지했고 그에겐 마법의 주문처럼 들려왔다. 사랑과 공감을 전달하고 항복을 약속하는 단어였다.

"내가 너한테 얼마나 화가 났다고." 그는 속삭였다. "널 잊으려고 애썼단 말이야."

"응, 오빠가 그럴까봐 걱정했어." 그녀는 아주 작은 소리로 대답했다.

"왜 아무런 신호도 보내지 않았어?" 그가 물었지만 그녀는 그저 "자기야"라고만 대답했다.

그녀가 머물고 있는 집에 도착했을 때 그는 들어가도 좋은지 물었다. "안 돼. 자기야." 그녀는 부드럽게 웃었다. "당연히 안 되지. 다른 사람들이 있거든."

"그러면 내일 나랑 점심 같이 해야 해. 내가 내일 오후에 떠나야 하니까."

"내일은 안 되는데." 그녀는 말했다. "하지만 다음에 오면 그때."

그들은 언제 만날지 약속했다.

"널 많이 사랑해." 그는 말했다.

"나도 사랑해." 그녀는 대답했고 그의 품에서 단호히 빠져나가서 가버렸다.

연인, 오귀스트 르누아르 작

제8장

윌리의 마음에서 결혼은 사랑의 자연스럽고도 논리적인 귀착점으로 남겨져 있었다. 펠리시티가 그를 사랑한다면 그와 결혼할 준비를 해야 한다. 그런데 그는 그녀가 그럴 거라는 믿음이 거의 없었다. 그녀는 모든 면에서 다른 사람들과 다른 견해를 가지고 있었다. 그녀의 영향력 아래서 그 자신의 견해도 자신이 생각했던 것보다 더 넓어졌고 더 크게 발전했다. 그렇긴 해도 여전히 그녀는 종종 그를 깜짝 놀래주는 말을 했고 그로서는 도저히 받아들일 수 없는 의견들을 표현하곤 했다. 그러나 그녀가 그에게 충격을 준적은 없었다. 그는 때때로 그 이유를 알고 싶어졌다. 진짜 이유는 아마도 그녀가 언제나 진실한 반면에 상스럽거나 저열하지 않아서인 것 같았다.

그는 그 인상적인 드라이브에서 왜 결혼 얘기를 하지 않았는지 자문해보다가 그랬다가는 모든 것을 망치게 될 것을 알고 있어서라는 생각이 들었다. 그러나 왜 그런 생각을 했는지는 설명하기 더 녹록하지 않았다.

그는 이후의 시간 동안 다른 건 거의 생각하지 않았다. 깊은 생각 끝에 한 가지 결론이 떠올랐다. 그가 군에 남아있는 한 그녀는 그와 결혼하려고 하지 않을 거라는 확신이었다. 그녀에게 군인이 되라고 요구할 수는 없었다. 그녀가 동료 장교들의 아내들과 같은 삶을 살아가는 그림을 그로서는 그릴 수 없었다. 그들은 그가 아주 좋아하는 훌륭한 여성들이었고 그녀가 어렸을 때 어머니의 집에서 만나곤 했던 여성들과 똑같았지만 그들의 생각은 그녀의 그것과 달랐고 그들의 세상은 그녀의 그것과 달랐다. 그래서 그는 사랑과 군대 중에서 선택해야 했다. 그로서는 무척이나 힘겨운 선택이었다.

어느 저녁 그는 의도치 않게 해밀턴과 단 둘이 있게 됐다. 그는 해밀턴을 좋아하지 않았지만 오랜 구면이 어느 정도 친밀함을 유발했고 어느 문제든 그의 충고는 들어둘만한 가치가 있었다.

"군을 떠날까 생각 중입니다." 윌리는 불쑥 말했다. "충고를 해주겠습니까?"

해밀턴은 대체로 윌리에게 표면적으로는 호의적인 어조로 말했지만 이따금씩 악의적인 조롱조 일 때도 있었다. 그러나 진지한 사안이고 군대와 관련이 있는 진중한 질문에 대해서는 곧

바로 자기 자신도 진지해져서 능력껏 최선의 답을 찾아주려고 했다.

"어느 쪽으로든 할 만한 얘기가 많아." 그는 대답했다. "내가 알기로 너는 기계화전을 싫어하고 거기에 적응하기도 힘들 거야. 그것이 군대에 관한 너의 관심 중 절반을 빼앗았으니까. 너의 임무 상당부분이 지금은 네게 부담이 되고 있잖나. 한때는 즐거움이었던 것들이 말이야. 너는 좋아하지 않기 때문에 능숙해지지 못할 거야. 동시에 너는 연대를 무척 아끼지 않나. 내가 알고 있다. 너는 포기해도 연대를 많이 그리워할 거야."

뛰어난 분별과 공감에 마음이 동한 윌리가 불쑥 이렇게 말했다.

"결혼을 생각하고 있습니다."

"브라보!" 해밀턴이 말했다. "그게 문제를 해결하는구나." 이내 그의 목소리는 가벼운 어조로 돌아갔다. "가부장제에서는 군복무의 여력이 없지."

"그런데 전쟁이 또 발발하겠습니까?" 윌리는 물었다. "아시다시피 저는 지난 전투를 놓쳤습니다. 이번에도 놓칠 순 없습니다."

"전쟁 발발에 대해서는 나도 몰라." 해밀턴이 말했다. "하지만 이건 알고 있다. 네가 지금 군을 떠난다면 너는 장교 예비군으로 편입될 거야. 그리고 전쟁이 발발하고 네가 무기를 들 수 있다면 전시동원일 아니면 그보다 며칠 일찍 군에 복귀하게 될 거야."

"정말입니까?" 윌리가 물었다. "제가 끔찍한 구경거리로 밀려나지 않고 선발대에 포함될 거라고 확신해도 됩니까?"

"확신해도 좋다." 해밀턴은 진지하게 말했다. "전쟁이 발발하면 곧 군에 다시 합류할 것이다. 그때는 우리가 찾아낼 수 있는 숙련된 장교들을 전부 필요로 할 테니까."

"그렇다면 큰 위안이 되는군요." 윌리는 말했다. "솔직히 그것으로 앞을 가로막고 있던 가장 큰 장애물이 제거된 셈입니다. 다른 하나는 군을 떠나기 전에 소령 진급을 제가 원하는가입니다."

해밀턴은 말이 없었다. 그는 윌리의 소령 진급 자격에 관해 나름의 의견이 있었다. 그래서 잠시 후에 윌리는 이렇게 덧붙였다.

"아무튼 그 문제는 계속 생각해 봐야겠습니다. 오늘 얘기는 비밀로 해주십시오."

"알겠다." 해밀턴은 그렇게 말했고 그 말을 지켰다.

* * *

윌리는 펠리시티와의 다음 만남에서 군대를 떠나겠다는 뜻을 말했다. 그녀는 깜짝 놀랐다.

"아, 윌리 오빠. 그 정도로 똑똑했던 거야? 오빠가 군대를 떠난다는 건 상상하기 어려워 보였거든. 군대는 오빠의 아주 큰 부분이잖아. 군대를 떠나서도 행복할 것 같아?"

"네가 나랑 결혼해주면 행복할 거야." 그는 말했다.

그녀는 그 말이 진심이라고 확신이 서지 않았는지 윌리를 힐끔 쳐다보았다. 그리고 진심인 것을 알았다.

"아, 이 불쌍한 사람 같으니." 그는 깊은 걱정으로 소리쳤다. "오빠가 그 생각을 하지 않았으면 했거든. 나는 결혼 생각이 없어. 영원히 그럴 건지는 말할 수 없지만 분명한 건 지금은 아니라는 거야. 지금은 아냐. 그것이 오빠가 군대를 떠나려는 이유라면 제발 그러지 않았으면 해."

"왜 나와 결혼하지 않겠다는 거지?" 그는 고집스럽게 말했다. "며칠 전에도 나를 사랑한다고 했잖아."

"오빠를 사랑해. 정말 사랑해. 하지만 그게 결혼과 무슨 상관인지 도무지 모르겠어. 결혼해서 서로 사랑하는 사람들은 아주 적지만 결혼하지 않고 서로 사랑하는 사람들은 많잖아."

"그게 다 이기적인 헛소리지." 윌리는 말했다. "결혼 제도 자체를 없앴으면 하는 거야?"

"에이, 그건 당연히 아니지. 다만 나랑 맞지 않는다는 거야. 어쨌든 당장은 그렇다고. 종종 인생이 연극 같다는 생각이 들어. 독창적인 생각은 아니지. 셰익스피어도 그런 생각을 했으니까. 그가 그랬잖아. 사람들은 각자 여러 역할을 한다고. 내 생각에는 대부분의 사람들은 한 가지 역할만 하는 것 같아. 오빠는 군인, 호리 오빠는 배우. 나는 오빠들이 다른 뭔가를 한다는 상상을 할 수 없어. 나는 지금 과도기인 것 같아. 나는 여자가 아니야. 아무튼 관객들이 기대하는 그런 여자는 아니라고. 솔직히 말해서 오빠는 유부녀 역할을 하는 나를 상상할 수 있겠어?"

"내가 무엇을 상상할 수 있는지는 몰라." 윌리는 씁쓸하게 말했다. "나는 상상력이 없으니까. 하지만 나는 너를 미칠 듯이 사랑한다는 걸 알고 네가 나와 결혼하지 않으면 절대 행복할 수 없다는 걸 알아."

"제발 그렇게 말 하지 마. 그런 끔찍한 말은 하지 말란 말이야. 오빠는 날 못되고 졸렬한 인간으로 만들잖아."

"그럼 내가 어떻게 해야 하지?" 윌리는 물었다.

"내가 좋은 여자였다면 '나를 잊어 줘'라고 말해야겠지. 하지만 그 말은 제일 마지막에 하고 싶어. 그러니까 계속 나를 사랑해 줘, 윌리 오빠. 나도 오빠를 계속 사랑할 테니까. 그러니까 우리 아주 즐겁게 지내자. 너무 진지하게 굴지 말고. 나중에 무슨 일이 벌어질지 누가 알아?"

윌리는 그 애매한 마지막 말을 약속으로 받아들였다. 그는 나중에 이렇게 말하곤 했다. "그녀는 내게 희망을 버리지 말고 기다리라고 했어." 이것은 펠리시티가 하고자 했던 말의 정확한 의미가 아니었다.

「작별」, Francis Campbell Boileau Cadell 작

제9장

시간이 지나갔다. 승진에 대한 희망과 펠리시티로부터 받은 낙담 속에서 윌리는 계속 전역 결정을 차일피일 미루고 있었다. 그러나 그의 임무는 점점 더 진력났고, 할 수만 있다면 런던에 가고 싶다는 욕구가 커졌다. 연대는 그의 마음에선 아닐지라도 그의 정신에선 원래의 자리를 잃었다. 연대를 생각하는 일이 드물어졌다. 그의 생각에서 가장 큰 부분은 펠리시티 그다음은 경주였고 이 두 개의 단어 속에서 생활했다. 이 두 가지는 그의 시간을 채우기에 충분했다. 연대는 이 두 가지를 방해했다. 이렇다보니 승진 문제로 또 다른 실망이 더해지고 펠리시티가 그를 위로하느라고 소령보다는 대위가 더 낭만적이라고 말했을 때 그는 적잖은 마음의 찜찜함에도 불구하고 과감하게 전역신청서를 제출하고 난생 처음으로 삶의 독립적인 주체가 되었다.

그는 한 친구와 동업하여 내셔널 헌트^(장애물 경마대회) 산하 소규모 경주마 훈련장을 열었다. 그 이유로는 당시에 영국인 청년들은 백수 생활을 부끄럽게 여겼기 때문에 무슨 일을 하냐는 질문에 답하기 위함이 일부였다. 또한 경주를 하면서 시간을 낭비하는 것이 아니라 사업을 하고 있다는 기분을 느끼고 싶은 것도 이유 중에 일부였다.

펠리시티는 윌리의 어떤 결정에도 영향을 미치지 않으려고 노력하긴 했지만 그가 막상 전역을 하자 아쉬워했다. 그녀는 군대의 전통에서 성장했고 비록 지금은 다른 영역의 삶을 살고 있긴 하나 여전히 군대에 대한 존경과 애정을 간직하고 있었다. 그녀의 이런 소신은 그녀를 굴복시키려는 사람들에 의해 조금도 영향을 받지 않았다.

윌리는 어느 날 우연히 펠리시티와 마주쳤는데, 그때 그녀와 함께 있던 키 크고 잘생긴 청년 때문에 유난히 조바심이 일었다. 무엇보다 둘 사이가 꽤 친해보였고, 그 다음으로는 그 청년의 외모와 옷차림이 자유분방해보이긴 했으나 그렇다고 유약해 보이진 않아서였다. 머리는 장발이었고 조끼 대신에 빨강 스웨터를 입고 있었으나 청년의 태도에는 어딘지 존경심을 요구하는 뭔가가 있었다. 펠리시티는 두 남자를 서로 소개시켰는데, 그 친구는 스페인에서 방금 왔고 얼마 있다가 돌아갈 거라고 말했다.

"스페인 내전에 참전 중인가요?" 윌리가 물었다.

"보통은 그런 식으로 말하지 않지만 사실을 말하자면, 그러고 있어요." 상대방이 대답했다.

윌리는 부러운 마음으로 그를 바라보았다. 그보다 족히 10년은 젊은 남자가 이미 참전 경험을 가진데다 지금도 그 경험을 이어가고 있다니 말이다. 윌리는 그날 저녁 군인 클럽에서 스페인으로 가서 싸우겠다고 말함으로써 친구들을 깜짝 놀라게 만들었다.

"윌리, 어느 편으로?" 누군가 물었다.

"아, 그건 상관없어요." 그는 대답했다.

"음, 있잖아." 누군가 그에게 설명했다. "공산주의에 합류해서 교회를 불태우고 수녀들을 강간하거나 아니면 히틀러와 무솔리니를 위해 싸우면서 어쩌면 독일 장교의 명령을 받든가 둘 중에 하나야."

"그 정도로 나쁜 가요?" 윌리는 물었다.

"훨씬 더 나빠, 이 친구야. 거기 가려다간 법을 위반하게 되는 거야. 물론 가명을 사용할 순 있지만 붙잡히는 날에는 예비역 장교 지위를 박탈당할 걸. 신문 일면에 날지도 모르지. 어이쿠, 전역한 부대에 무슨 창피람!"

모두가 윌리의 약점을 잘 알고 있던 터라 이 문제는 그냥 넘어가기에 너무 매력적이었다.

"신문에 나는 건 좋지 않지. '기병대 대위 수녀원에서 잡히다', '레닌의 명령을 받은 영국 정예 부대 장교', '메링턴 대위 히틀러의 품에 안기다' 이 정도면 돌아가신 대령님의 마음을 아프게 만들겠는 걸."

윌리는 그런 농담이 재미없다고 생각했지만 그가 스페인에 가려던 의지를 싹 없애버리기엔 충분했다. 군인이 민간인보다 참전하기가 더 어렵다는 생각이 처음 들었다.

쉽게 사라지지 않는 이 좌절감만 아니면 이 무렵은 윌리에게 그리 불행한 시기는 아니었다. 그는 늘 바빴다. 경주마 훈련장 영업은 호황과 불황을 반복했는데, 적자기간은 시간적으로 오래가는 반면 흑자기간은 생활을 윤택하게 만들기에 충분할 정도로 빈번하게 찾아왔다. 그는 클럽을 사랑했다. 주사위 게임처럼 운수에 맡기는 게임이면 다 좋아하고 즐겼다. 클럽은 인도에서 돌아왔을 때 고향집처럼 그를 따뜻하게 맞아준 곳이었다.

지극히 남성적인 이 삶에서 부족한 것은 펠리시티에 의해 제공됐다. 그녀를 향한 그의 일편단심은 결코 흔들린 적이 없었고, 그녀는 그가 아름다움과 로맨스 영역에서 요구하는 모든 것을 채워주었다. 그녀는 그에게 요구하는 것이 없었다. 만날 약속을 잡는 쪽은 항상 그였고, 그가 원하는 만큼 자주 만나지는 않았다.

종종 그는 그녀가 자기를 함부로 대한다는 느낌을 받곤 했지만 그녀와 단 5분만 함께 있으면 그런 불만은 잊혀졌다. 잠깐의 만남도 없이 몇 주 아니 몇 달이 지나갈 때도 있었는데 그녀는 그런 사실조차 모르는 것 같았다. 그녀는 그의 열정을 반기고 화답했지만 때때로 그가 손을 잡는 것도 허락하지 않았다. 그가 왜 그러는지 설명을 요구하거나 그 낯선 변화에 대해 어떠한 설명이라도 해보라고 할 때면 그녀는 미안하다며 자기가 얼마나 짜증나는 사람인지 알지만 그래도 자기를 있는 그대로 받아들여달라고 말했다.

윌리는 펠리시티가 한 번도 방문한 적이 없는 저민 가의 플랫에서 계속 살고 있었다. 그것은 그녀의 불문율 중 하나였다. 윌리도 그녀를 초대하지 않았다. 그가 여전히 그녀와 논할 수 없는 문제가, 그가 요청할 수 없는 호의가 있었다. 성관계에 제한을 두긴 했으나 그럼에도 그녀는 그를 행복하게 만들었다. 그녀와 함께 하는 것은 끝이 없는 즐거움이었고 이것은 갈망의 설렘으로 더 강해졌다.

여름에는 때때로 시골로 소풍을 가서 푸르고 호젓한 곳에 식탁보를 펼쳐놓기도 하고 나무 아래서 잠들기도 했다. 때로는 해변으로 가서 해수욕을 즐기기도 했다. 그의 생각에 무엇보다 좋은 것은 가을과 겨울밤이었다. 낮에는 야외에서 사냥이나 경주로 시간을 보내고 런던으로 돌아와 클럽에 가 있노라면 홀 포터가 슬며시 다가와 밖에서 아가씨가 기다리고 있다며 작은 소리로 일러주던 그때가 제일 좋았다.

아주 늦은 시간이 아니라면 극장에 가기 전에 간단히 요기를 했고 공연이 끝난 후에는 단둘이 또는 호리와 함께 저녁식사를 했다. 호리는 대개 그들과 동석했다. 언제나 미리엄과 함께 온 것은 아니었고 다른 여자가 동행하는 경우에는 나중에 윌리와

펠리시티는 새로 등장한 호리의 여자에 대해 평가를 하면서 둘
이 얼마나 가까운 사이인지 가늠해보곤 했다.

호리는 이제 큰돈을 벌었고 그를 찾는 수요가 많아서 직접
배역을 골라잡을 수 있게 됐다. 그는 블룸즈버리에 집을 구했
는데, 윌리는 잘된 일이라고 생각했다. 호리의 집이 첼시와 반
대 방향이라서 그가 펠리시티를 집까지 차로 데려다주는 일은
없을 것이기 때문이었다.

한편 펠리시티는 여전히 플랫을 알아보는 중이었고 여전히
친구와 동거 중이었다. 이 때문에 윌리는 늘 한탄했는데, 친구
와 함께 생활한다는 이유로 펠리시티의 집 문지방을 넘어가 볼
여지가 없었기 때문이다. 이상한 연애였지만 윌리는 그것으로
만족하게 됐다. 그가 자신의 존재에 만족하게 된 것처럼. 그는
이따금씩 그것이 자신의 운명 같다고 생각하곤 했다. 전장에
나간 적 없는 군인이 되고, 애인과 결코 잠자리를 하지 않는
연인이 되는 것 말이다.

스페인 내전 당시 스페인 북부 바스크 지방의 작은 마을, 게르니카가 폭격을 받고 폐허가 된 모습(1937년 4월 26일). 피카소의 그림으로도 유명해짐. 출처: Deutsches Bundesarchiv (German Federal Archive), Bild 183-H25224

제10장

이러는 사이 그의 삶은 당시 벌어진 뮌헨 회담(1938년에 뮌헨에서 열린 독일·이탈리아·영국·프랑스의 정상 회담. 여기서 체결한 협정은 대표적인 대독일 유화정책으로 이 결과 독일이 체코슬로바키아의 수데텐 지역을 합병함—옮긴이)이라는 거대한 정치 사건과 더불어 너무도 쉽게 방향을 틀었다. 이것은 많은 이들의 삶에 소동을 일으켰다. 윌리의 삶에서는 거대한 격변이 일었다. 그는 20년 전에 느꼈던 감정을 다시 느꼈고 거의 모든 전 세계가 평화를 염원한 반면 그는 전쟁을 기원했다.

당연히 그는 협정 상황에 씁쓸히 분노했고 그와 비슷한 기분을 느끼고 있는 사람들이 더 있음을 알고 기뻐했다. 그의 명분과 그들의 그것은 달랐으나 그로인해 그가 수치스러운 굴복을 비난하는 그들에게 박수치는 걸 멈추진 않았다. 그러나 그들이 회담이 가져올 최악의 상황은 나중에 이보다 불리한 상황에서는 무조건 싸워야한다는 것이라고 말했을 때 그는 내심 그들의 말이 맞기를, 그런 날이 가능한 빨리 오기를 바랐다.

그는 평화를 위해서는 어떤 대가라도 치러야한다는 펠리시티의 태도에 실망했고, 당시에 좋은 친구들 사이에서 으레 있는 일처럼 그런 문제를 놓고 싸울 뻔했다. 그런데 그는 예상치 못한데다 열렬하기까지 한 지지를 호리로부터 얻었다. 그는 늘 호리가 어떤 형태의 폭력에도 반대하는 사람이라고 생각해왔기에 그런 지지는 뜻밖이었다.

그러나 호리는 삶에 대한 태평하고 유머러스한 접근 이면에 불의와 잔인함에 대한 깊은 증오를 숨기고 있었다. 그는 독일 연극계의 유대인들이 당한 운명을 알고 있었고 그런 극악무도한 범죄를 저지른 자들과 영국인들이 악수를 나눈다는 생각을 견딜 수 없었다. 그는 윌리보다 훨씬 더 격렬했고 히틀러가 서명하고 영국 총리가 환호하는 대중 앞에서 의기양양하게 흔들어대던 문서에 대해 극한 분노를 드러냈다.

뮌헨 협정이 있기 며칠 전, 윌리는 동원령을 기다리면서 연대가 주둔 중인 지점으로 이동해 있었다. 그로서는 충격적이게도 대령은 휴가차 자리를 비운 상태였고, 해밀턴이 지휘를 맡고 있었다. 해밀턴은 전쟁 발발 가능성을 부인하면서 윌리에게 경고망동을 삼가라고 말했다. 지난여름에 독일에 다녀왔다는 해밀턴은 아주 괜찮은 독일군 장교들과 대화를 나누었다고 했다. 그의 생각에는 우리 정치인들이 상황을 제대로 파악하고 있다면 독일군이 러시아와 싸우도록 조정할 것이라고 했다. 그가 만난 독일군 장교들은 영국을 지지하면서 공산주의자와 싸우고 싶어 안달하고 있었다. 그러므로 우리는 독일군이 원하는 것을 하도록 부추김으로써 일석이조의 효과를 거두어야한다는 것이다.

월리는 승자가 다음에는 우리를 향해 총부리를 겨누지 않겠느냐고 물었지만 해밀턴은 그러기엔 이미 양측이 모두 기진맥진한 상태일 거라고 대답했다.

"우리는 늘 그렇듯이 게임 전체를 보는 구경꾼의 입장에서 싸우지 않고도 현대전에 관한 많은 것을 습득하고 교전국들이 자국의 군사력을 붕괴시키는 동안 우리의 군사력 증강을 도모하는 거야. 그리고 우리는 교전국 양측 모두를 통제하는 위치에 서게 되지. 이걸 정치력이라고 부르는 거야."

"그걸 뭐라고 부르던 상관없습니다." 월리는 말했다. "제게는 지저분하고 교활하고 비열한 짓으로 들리니까요. 정치인들이나 만들어낼 그런 짓 말입니다. 더욱이 저는 그런 짓이 좋은 결과를 가져올 거라고 생각하지 않습니다. 아무튼, 제가 지금 어디에 있는지 아실 테니까 필요할 때 불러주십시오."

"월리, 꼭 그렇게 하지. 위험한 시간이 되면 자네를 부를 테니 염려 마."

월리는 해밀턴이 자신을 비웃고 있다는 느낌이 들었다. 그래서 해밀턴이 미웠으나 그 이후부터 월리는 삶에서 아주 분명한 목표와 커다란 희망을 품게 됐다.

이후 몇 달 동안 윌리는 다가올 전쟁만 생각했다. 현재 그는 39세였고 건강 문제로 신경을 쓴 적은 없었다. 계속 말을 탄 것이 그에게 활력을 주었고 스스로 나이가 들고 있다는 징후를 느껴본 일이 없었다. 그래도 그는 의사를 만나서 철저한 검사를 고집했다. 의사는 건강상의 문제를 거의 발견하지 못했지만 칵테일을 조금 줄이고 식사를 좀 더 꼼꼼히 챙기라고 조언했다. 윌리는 의사의 말을 마치 군의 명령처럼 철두철미하게 따랐다.

　이 기간 동안 펠리시티와 만나는 시간이 줄었다. 그녀는 삶을 윌리처럼 심각하게 받아들이기를 거부했고, 정부 각료들과 언론들의 걱정할 것 없다는 말을 더 믿고 싶어 했다.

네빌 체임벌린 영국 총리가 1938년 9월 30일 헤스턴 공항에 도착하여 환영 인파 앞에서 뮌헨협정 문건을 보여주고 있다. 출처: 임페리얼 전쟁박물관

제11장

예비역 장교로서 윌리는 매년 연대와 함께 단기 훈련을 해왔는데 공교롭게도 전쟁이 발발한 9월에 훈련 기간이 겹쳐서 사실 연대와 함께 숙영 중이었다. 21년 전 그러니까 다음 파견대와 함께 프랑스로 가게 될 거라고 통고를 받았던 그때와 똑같은 환희의 전율이 또 느껴졌다. 그때보다 더 늙었다는 생각이 들지 않았던 그는 무릎을 꿇고 너무 늦지 않게 기회를 준 하늘에 감사를 올렸다. 전쟁 초반, 숙영지에서의 모든 것이 엄청난 활기로 가득한 상태였다. 윌리의 연대가 가장 먼저 참전할 거라고 알려졌기 때문이었다.

곧이어 청천벽력 같은 소식이 전해졌다. 어느 아침 대령이 그를 불렀다.

"자네한테는 나쁜 소식이 있다, 윌리. 내게도 물론 나쁜 소식이다. 우리 둘이 한 배를 타게 됐다. 아니 그 배에서 빠지게 됐다는 편이 더 맞겠군. 우리 둘 다 선견대와 가지 않게 됐다. 해밀턴이 선견대를 이끌고, 자네와 나는 후방에 남아서 남은 병력을 관리하고 장교 후보들을 훈련하게 될 것이다."

윌리는 입이 바짝 말랐다. 말을 할 수 없었고, 자기가 울음을 터뜨리지는 않을까 한순간 끔찍한 두려움이 들었다.

"너무 비관적으로 받아들이지 말게." 대령이 계속 말했다. "자네보다는 내게 더 나쁘니까. 상부에서 지금 나를 보내지 않는다면 십중팔구 앞으로도 보낼 생각이 없다는 거야. 그건 내가 폐물이 됐고 끝났다는 의미지."

윌리는 대령이 지난 전쟁에 참전하지 않았느냐고, 군복의 가슴에 달려있는 훈장의 장식띠들이 그걸 말해주지 않느냐고 그는 자녀를 둔 50세가 넘은 기혼남이니 고국에 머무는 것이 큰 위안이 되지 않느냐고 말하고 싶었다. 그는 무릎을 꿇고 보내달라고 빌고 싶었다. 그러나 그 결정은 대령이 내리는 것이 아님을 알고 있었기에 그저 그 자리에 서서 여전히 할 말을 잃고 있었다.

"윌리, 너무 비관적으로 받아들이지 말게." 대령은 윌리에게 굉장히 비관적이라는 것을 알아채고는 같은 말을 되풀이했다. "지난 전쟁의 초반이 어땠는지 생생하게 기억나는군. 고위직의 어떤 바보가 말했다지. 아니 그랬다고 보도가 됐지. 전쟁이 크리스마스 무렵에는 끝날 거라고. 그래서 우리 중에서 상당수는 참전할 기회가 없을 거라고 절망했지. 그런데 우리는 결국 모두 참전했어. 이번에도 그렇게 될 거야. 첫 교전에서 많은 사상자가 나오고 많은 장교들이 필요해지기 마련이지만 풋내기들은 준비가 되어 있지 않아. 그때서야 예비역들이 있다는 것에 감사하게 되는 거야. 그렇다고 가용 예비역이 많은 것도 아니고. 우리가 고국에서 할 일도 많을 걸세. 그것도 아주 중요한 임무지. 당장 자네가 해줬으면 하는 일이 있네."

윌리는 곧바로 대령이 그에게 원하는 일 그러기 위해서는 전쟁성을 방문하고 런던에 며칠 체류해야하는 일들에 대해 설명해 준 것을 고마워했다. 그는 실질적으로는 후방 교육대의 부지휘관 직을 수행하는 셈이었다. 대령이 한 말 전부를 그대로 받아들이기는 어려웠고 묻고 싶은 것도 많았으나 그래도 방금 전의 이 충격적인 소식을 명령하달이 아닌 상의의 방식으로 알려 준 것에 고마움을 느꼈다.

마음의 준비만 했었어도 한결 감당하기 나았을 것 같았다. 그러나 지독한 아둔함 속에서 그는 스스로 그런 일은 절대 벌어지지 않을 거라고 자신해왔다. 그는 해외 파병 시 일부 장병들은 후방에 남는 것을 잘 알고 있었다. 그러나 그런 장교 중에 자신이 포함될 거라고는 생각한 적이 없었다. 누군가는 번개를 맞기도 하고 또 누군가는 상어에 잡아먹히거나 캘커타의 경주 내기판돈을 혼자 싹쓸이하기도 하지만 그런 일들은 윌리 메링턴 자신처럼 지극히 평범한 남자에겐 벌어지지 않는다고 생각해왔다. 그래서 그 자신이 후방에 남는 장교가 될 거라고는 생각해 본 적이 없었다.

대령은 첫 교전에 대해 말했지만 그것이 바로 윌리가 참전하고 싶은 전투였다. 대령은 많은 사상자에 대해 말했다. 윌리는 자신이 교전 중에 있다면 얼마나 많은 사상자가 나오든지 그건 상관하지 않을 것이다. 그러나 집에 앉아서 전우들이 죽기를 그래서 그 자리를 그가 대신할 수 있기를 바라는 건 못할 짓이었다.

이날 저녁의 혼란 속에서 연대의 임박한 출정에 대해 언급하는 사람은 없었으나 윌리는 그가 포함되지 않은 사실을 대부분 알고 있다는 느낌을 받았다. 그가 마치 집안에 큰일이라도 당한 것처럼 모두가 그에게 정중하고 친절하게 대했고, 다음날 아침에 그가 런던에 갈 예정이라고 말했을 때는 아무도 그 이유를 묻지 않았다.

다음날 윌리는 클럽에 들렀을 때 얼마나 많은 민간인들이 이미 군복을 입고 있는지, 또 얼마나 많은 사람들이 당장이라도 해외 출정에 오를 것처럼 설레어 하는지 보고는 깜짝 놀랐다. 그래서 그는 자신의 처지가 더욱 고통스러웠다. 물론 그의 경험상 파병의 희망은 그것이 아무리 진심이고 절실하다 해도 지나치게 낙관적인 것이고, 자신만만한 사람 대부분은 군복을 입은 채 클럽에 모여 앉아서 전쟁의 남은 시간을 기다리고 있어야 한다는 걸 알고 있긴 했지만.

그는 다음날 대부분을 전쟁성에서 보냈고 하루 일과가 끝나는 시간까지도 일을 끝내지 못했다. 그가 화이트홀에서 트래펄 가 광장 방향으로 접어들었을 때 해가 저물고 있었다. 그는 맞은편에서 급히 걸어오는 남자와 부딪칠 뻔했는데 알고 보니 호리였다. 그들은 반갑게 인사를 나누었다.

"형, 여긴 웬일이래." 그는 말했다. "나랑 돌아가서 찰튼 바에서 한잔 하자."

"미안한데, 지금 급한 일이 있어." 호리가 말했다. "내가 가는 방향으로 잠깐 함께 걷자."

윌리는 돌아섰다. 그러면서 호리를 호기심어린 시선으로 힐끔 쳐다보았다. 그의 모습이 어딘지 이상했다. 햇볕에 탄 걸까? 아니었다. 다시 보고 난 후에야 그것이 무엇인지 알았다.

"형." 그는 조용히 말했다. "낮 공연 하고 오는 거야?"

"아니. 내 공연은 지난주에 끝났어. 그리고 누가 금요일에 낮 공연을 하냐?"

"그럼, 뭐야? 형, 이해가 안 되네." 윌리는 조금 거칠게 말했다. "화장 지우는 걸 잊어버리기라도 한 거야? 형, 지금 얼굴에 화장한 거 알기는 해?"

그는 마치 비난하듯이 물었고 심각함을 더하기 위해서 멈춰 서더니 호리의 팔을 붙잡고 그의 눈을 똑바로 쳐다보았다.

호리는 고개를 젖히고 특유의 호쾌한 웃음을 터뜨렸다. "아, 귀여운 윌리 좀 보게." 그는 말했다. "런던 경찰 저리 가라네. 나랑 말하고 싶으면 좀 달려줄래? 어서, 이 멍청아. 시간이 없다니까."

"하지만 제발 설명 좀 해봐." 윌리는 걸으면서 말했다.

"간단해. 내가 마흔이 넘었잖아. 내가 그 나이로 보일 거라고는 생각하지 않았는데 실제로는 그렇게 보이나 봐. 녀석들이 벌써 신병 모집소 두 곳에서 날 퇴짜 놨지만 웨스트민스터 브리지 근처에 아직 한 군데 남아있거든. 거기엔 아직 전기시설이 제대로 갖춰지지 않아서 6시까지만 운영한대. 그 시간이면 햇빛이 꽤 어둡잖아. 담당자들이 지쳤을 시간이기도 하고 나를 너처럼 알지도 못하니까 아무 의심도 하지 않을 거야. 이렇게 분장하면 성공할 거라고."

"우와, 형. 멋진데! 형이 이런 생각을 할 줄은 꿈에도 몰랐어."

"알아." 호리는 자신을 부끄럽게 여기는 것 같았다. "나는 왕과 조국을 위하느니 애국심이니 그런 건 관심이 없지만 빌어먹을 나치들을 생각하면 그 놈들이 하나라도 살아있는 한 내가 무대에 올라가서 나 자신을 웃음거리로 만들 순 없을 것 같아."

윌리는 깊은 감동을 받았지만 그가 웅얼거린 말이라고는 "끝내주네!"가 전부였다. 그들이 화이트홀(국회의사당에서 트래펄가 광장으로 이어지는 넓은 거리로 영국 정부기관들이 위치해 있고 화이트홀의 서쪽으로 뻗은 다우닝가 10번지는 총리의 관저로 유명함—옮긴이) 끝에 다다랐을 때 그는 갑작스럽게 스토리스 게이트로 방향을 틀고 클럽으로 돌아가기 위해 공원을 가로질렀다. 그의 마음은 호리에 대한 사랑과 자신에 대한 연민으로 가득했다. 여기 자기보다 두 살 많은 남자, 학교를 졸업한 후로 군사 훈련이리고는 단 하루도 받아본 적이 없는 그 남자가 지금 어쩌면 전쟁에 나가기 직전에 있었다. 반면에 평생을 군대에 몸담아왔고 유능한 장교가 되기 위하여 최선을 다해온 그는 고국에 남아야 했다. 이 불공정이 너무도 깊게 사무쳤다.

그는 호리와의 대화를 갑자기 그만두는 바람에 신병 모집 결과에 대해 전화로 알려달라는 말을 깜박했다. 그래서 클럽에 도착한 후 호리에게 전화를 해봤더니 수화기 너머에서 기쁨에 겨운 목소리가 들려왔다. 모든 일이 술술 풀렸단다. 호리의 말에 따르면, 담당자들이 미심쩍어 한 딱 하나는 그가 군에 입대하기에 너무 어리지 않은가였다. 다음날 입대신고 예정이라고 했다.

윌리는 내일 저녁 식사를 함께 하자고 했으나 호리는 잠시 머뭇거리다가 힘들 것 같다고 말했다. 윌리의 생각에는 호리가 미리엄과 작별 만찬을 하려는 것 같았고 그런 그가 몹시 부러웠다. 그는 펠리시티 소식을 물었다. 그동안 전화로 그녀를 찾아봤지만 헛수고였다. 호리는 전화번호 하나를 알려줬다. 어렵사리 그 전화번호로 통화가 됐을 때 그는 오즈번 씨를 부탁한다고 말했다.

여자의 거친 목소리가 "오즈번은 오후 10시 근무"라고 알려주었다. 그가 지금 전화를 받은 분이 누구인지 알 수 있겠냐고 물었더니, 보조 소방대^(1938년 민방위의 일원으로 영국에서 창설됐고 1941년 소방대로 대체되었다가 1968년 해체됨—옮긴이) 첼시 지부의 부장이라고 했다.

그가 오즈번이 도착하면 자기에게 전화를 달라고 그렇게 전해주기를 부탁하자, 알았다는 퉁명스러운 답변이 돌아왔다.

그가 저녁식사 후에 브리지 게임을 하는 동안 전화가 왔다. 전화로 전해지는 펠리시티의 목소리는 피곤하게 들려왔고 그리 살갑지 않았다. 일상적인 인사 후에 그녀가 말했다.

"오빠가 그토록 고대했던 것처럼 전쟁을 즐기고 있길 바라."

"어, 아니야. 펠리시티." 그는 대답했다. "전혀 즐기고 있지 않아."

그녀의 목소리를 단번에 바뀌었고 그가 그토록 사랑하던 다정함이 돌아와 있었다.

"불쌍한 윌리 오빠. 오빠가 불행한 건 싫어. 내일 점심 같이 해. 무슨 일인지 나한테 전부 말해야 할 거야."

그녀는 첼시에 있는 어느 레스토랑의 이름을 알려주었다. 그리고 만날 시간을 말하면서 시간이 제한적이니까 꼭 약속 시간을 지키라고 경고했다.

다음날 그는 그 레스토랑에서 30분 동안 기다렸다. 뭔가 착오가 있다는 생각이 들었고 그 레스토랑의 분위기가 혼자서 점심을 먹기에 별로여서 나가려고 막 출입구에 섰을 때였다. 펠리시티가 헐레벌떡 거리를 달려오고 있었다. 숨을 몰아쉬면서 근무시간이 수시로 바뀌는 바람에 더 일찍 나오지 못했다며 윌리가 기다리고 있지 않았다면 절대 용서하지 않았을 거라고 말했다. 다행히 그날 오후에는 근무가 없다고도 했다.

윌리의 생각에 그녀는 너무도 아름다웠다. 제복—검푸른 튜

닉(군인이나 경찰 제복 중 웃옷의 일종—옮긴이)과 그녀의 풍성한 곱슬머리를 다 담아내지 못하는 작은 청색 모자─을 입은 그녀의 모습은 감탄을 자아내게 만들었다. 어깨에는 방독면을 걸치고 있었는데 제법 유능해 보이는, 묘한 인상을 풍겼다. 그는 그녀를 만나 기뻤다.

"어서 말해 봐." 그는 말했다. "네가 지금 소속된 군대에 대해, 네가 맡은 임무는 무엇이고 그게 마음에 드는지, 전부 다."

"뭐랄까, 이게 최선인 것 같았어. 모두가 싫어하는 해군 여군 부대(Wrens; Women's Royal Naval Service)나 여자 국방군(ATS; Auxiliary Territorial Service)에 들어갈 순 없었어. 공군 여성 지원부대(WAAF; Women's Auxiliary Air Force)의 군복은 견딜 수 없으니까, 그래서 여기에 있는 거야. 같은 부대에 친구 몇 명도 있어. 폭격이 시작되면 출동해서 불을 끄고 시체를 옮기는데 그때까지는 할 수 있는 일이 별로 없어. 난 그냥 운전병이야. 내가 할 수 있는 게 운전이지만 방금 소독과 세척법을 배우고 오는 길이야. 봐!"

그녀는 아름다운 두 손을 내밀었는데 일을 하느라 벌써부터 지저분하고 거칠어져 있었다.

그는 그녀의 손 하나를 마주잡고 거기에 난 생채기를 가리키면서 말했다.

"영광의 상처, 영광의 상처네." 그러고는 그 손을 뒤집더니 손바닥에 부드럽게 입을 맞추었다.

"너조차도 벌써 부상을 당했구나!" 그는 중얼거렸다. 그는 호리에 관한 소식을 들었는지 물어봤다. 그녀는 전혀 모르고 있었다. 그리고 월리의 말을 듣고도 그녀는 놀라지 않았다.

"그럴 줄 알았어. 하지만 장교로 들어갈 수 있으면 좋겠어. 호리 오빠는 편안한 생활을 좋아하고 그런 생활에 익숙한지가 너무 오래됐으니까."

"아마 그렇게 될 거야. 적절한 대우를 받게 될 거야. 군에서도 호리 형을 전장 가까이 보내지는 않을 거고."

그는 자신의 불운에 대해 모조리 쏟아냈고 펠리시티는 커다란 눈에 연민을 담아 귀를 기울였다. 그녀는 최선을 다해 그를 위로했지만 그 대부분이 그 자신이 이미 스스로를 달래면서 했던 말과 다르지 않았다. 물론 월리의 반박과는 달리 많은 사상자가 생겨서 단기간 훈련받은 젊은 장교들이 그 빈자리를 메워야할 개연성은 아주 컸다.

펠리시티는 이번 전쟁이 지난 전쟁과 다를 거라는 의견을 꽤나 힘없이 고수했다. 집에서 할 수 있는 중요한 일이 많지 않을뿐더러 집에 머무는 사람들이 전선의 군인만큼 위험할 것이기 때문이었다.

"군인이 아니야." 월리는 씁쓸하게 말했다. "우리 방공호를 보라고. 사령부에서는 전쟁 가능성이 없다고 봤지만 우리는 여름 내내 방공호를 파왔어. 후방에 있는 동안은 방공호가 최선이야. 첫 경보 시에 내리는 명령도 방공호 대피고. 조국에 소중한 군인의 목숨을 위태롭게 하는 건 위법이야. 설령 나이가 들어서 싸우러 갈 수 없는 노병일지라도. 그런데 우리가 지금 무슨 짓을 히면서 시간을 낭비하고 있는 줄 아니?" 그는 덧붙였다. "병영을 위장하고 있다고."

"음, 오빠가 런던에 올 때 안전하지 않을 거야. 그래도 자주 왔으면 좋겠어. 끔찍할 정도로 따분해질 것 같거든."

"최대한 자주 올 게. 약속해. 하지만 런던 거리에서 내 머리에 폭탄이 떨어지면 혹시 내가 전선에 가서 싸우려는 생각을 그만둘 거라고 생각한다면 그건 오산이야."

"가여운 윌리 오빠." 펠리시티는 슬프게 말했다. "전쟁은 사람들을 행복하게 만들지 못해. 심지어 그걸 바랐던 사람들까지도." 그러고는 테이블 위로 손을 뻗더니 한동안 그의 손을 마주잡고 있었다.

신병 모집소

WOMEN'S · ROYAL · NAVAL · SERVICE

join the Wrens

AND · FREE · A · MAN · FOR · THE · FLEET

출처:

해군 여군 부대(Wrens) 모집 전단, 출처: 영국 국립 보존 기록관

여자 국방군(ATS) 모집 전단, 출처: 영국 국립 보존 기록관

제12장

윌리는 그해 겨울 꽹장히 바빴고 시간은 빠르게 흘러갔다. 사상자가 많지 않다면 교전이 거의 없다는 의미이기에 윌리에게는 상당한 위안이었고 참전을 그리 동경하지 않게 했다. 런던에 가는 일이 드물었고 가서도 펠리시티를 만나기 어려웠다. 펠리시티는 그녀대로 자잘하고 성가신 잡무에 쫓겼는데 외관상 불필요해 보이는 일들이 너무 싫었고 그 때문에 혹독한 겨울과 등화관제 그리고 별 다른 사건 없는 전쟁의 울적함이 점점 더 커졌다.

윌리의 연대에서 나온 사상자는 윌리가 원하는 가장 적은 수에 불과했다. 어느 날 아침 대령은 그를 아주 기분 좋게 반기면서 해밀턴이 부상을 입고 귀국 중이라는 소식을 전했다.

"낙마한 모양이야. 발을 다쳐서 당분간 귀국해 있을 걸세. 내가 그 자리를 대신하게 됐네. 해밀턴이 당분간 이곳을 맡을 거야. 그 친구에게 가벼운 임무가 필요하지."

"무슨 일로 말을 탔다고 합니까?" 윌리는 부루퉁하게 말했다. "왜 그 지저분한 구식 탱크 옆에 있지 않았답니까? 거기서 떨어질 일은 없을 텐데 말입니다."

대령이 나가고 해밀턴이 들어온다는 것은 윌리에겐 이중의 재앙이었고 전쟁 발발 7개월째의 시작이 나쁘다는 의미였다. 그러나 상당히 중요한 사건들이 연이어 터지면서 윌리는 당분간 자신의 불만을 잊게 됐다. 독일군이 덴마크, 노르웨이, 네덜란드, 벨기에 그리고 프랑스를 파죽지세로 유린했다. 이 엄청난 사건을 대하는 윌리의 반응은 대다수 영국인들과 같은 것이었다.

첫 8개월의 애매한 좌절감 이후 윌리는 새로운 열정과 정신적 고양감 같은 것을 느꼈다. 난생 처음으로 패전의 가능성을 생각했지만 이 가능성은 소름을 돋게 하진 않았다. 적이 영국 본토에 상륙하지 않는다면 패전은 있을 수 없었다. 적이 본토에 상륙한다면 진정한 영국인이 단 한명이라도 살아있는 한 패전은 있을 수 없을 터다. 그렇다면 마침내 그에게도 조국을 위해 싸우고 필요하다면 조국을 위해 죽을 기회가 생기는 셈이다.

프랑스가 함락될 무렵 런던을 방문했던 그는 펠리시티와 저녁을 함께 했다. 그녀는 호리가 불로뉴^{(파리 서쪽의 항만 도시로 영국으로}

가는 도버해협에 면해 있음—옮긴이)에서 전사했다는 소식으로 인사를 건 넸다. 그 소식을 막 들었지만 그녀는 굉장히 담담했다. 물론 윌리는 그 일이 자신보다는 그녀에게 훨씬 더 큰 의미임을 알고 있었다.

"가닛 오빠가 오늘 아침에 알려줬어." 그녀는 말했다. "가족 자격으로 전보를 받았대."

"너무 슬픈 일이야." 윌리는 말했다.

"그러게." 그녀는 말했다.

"나는 가끔씩 생각해." 윌리는 말했다. "우리 모두 죽게 될 거라고. 우리가 전쟁에서 지지 않는다면 나는 곧 죽게 될 거야."

"하긴." 그녀는 조용히 말했다. "하지만 여자들한테는 그게 쉽지가 않아."

"너희들도 싸우게 할까?" 그는 물었다.

"우릴 막지 못할 걸." 그녀는 대답했다. "어제 소이 수류탄 훈련을 받았어. 창문 밖으로 전차를 향해 수류탄을 던지는데, 전차에 맞히면 연기에 휩싸인대. 그럴 듯하게 들리지만 아무도 실제로 보진 못했어."

그들은 호리에 대한 얘기를 이어갔다. 그를 얼마나 사랑했는지 또 남은 생을 사는 동안 그를 얼마나 그리워할지. 차분하고 슬픈 저녁이었다. 헤어질 때 윌리는 그녀를 껴안고 뺨에 입을 맞추었다. 둘이 그렇게 가깝게 느껴진 건 처음이라는 생각이 들었다.

이 시기에 윌리에게 중요한 사건은 소속 연대가 별다른 피해 없이 귀환했다는 것이다. 대령은 이제 연대 소속이 아니었다. 그는 덩케르크 철수 동안 지휘한 것을 끝으로 비전투 보직으로 전임되었다. 다리 부상을 치료한 해밀턴은 중령으로 승진해 연대장이 됐다. 이것은 그와 다시 전우가 된 윌리의 행복을 조금, 아주 조금 방해했을 뿐이다. 윌리는 군대의 대부분이 영국에 있고 자기 또한 함께 있다고 느꼈다. 그리고 적이 침공하기를 은밀히 바라고 있었다.

영국본토항공전은 그의 희망을 꺾었지만 그 웅장함에 가슴이 벅차올랐다. 그리고 비행을 배우지 않은 자신을 원망했다. 동료들은 그의 완벽한 운전 솜씨로 판단하건대 그가 비행을 했다면 틀림없이 적기를 모두 격추했을 거라고 위로했다. 설령 살아남는 적기가 있다고 해도 두 번 다시 비행하지 못하는 신세가 될 거라고.

그는 아직 런던에 플랫을 임대하고 있었는데 가능한 자주 그곳에 갔다. 그곳에 들렀던 9월의 어느 일요일 저녁, 첫 번째 심각한 폭격이 일어났다. 펠리시티는 그날 밤 근무 중이었다. 그는 다음날 아침 전화로 그녀와 몇 마디 말만 나누고 귀대해야 했다. 그는 어떻게 지냈는지 말해보라고 채근해봤지만 그녀는 말을 아꼈다.

"에이, 더 말해 줘." 그는 채근했다. "어떻게 지냈냐니까, 응?"

"아주 살벌하게." 그녀는 그렇게만 말했고, 그는 더 자세한 말을 듣지 못했다. 그러나 귀대를 하면서 그녀가 그보다 더 전쟁에 가까이 갔다는 생각이 들었다.

폭격의 빈도가 늘어갈수록 본토 침공의 소문들이 의심받기 시작했고, 윌리의 연대에서는 그런 소문 대신에 연대가 곧 중동으로 파병될 거라는 수군거림이 이어졌다. 이것으로 윌리는 인생의 가장 큰 위기가 닥치는 것 같았다. 연대가 그를 빼고 영국해협을 건너갔을 때 그에게 미친 타격은 심각했지만 그럼에도 연대가 불과 하루면 닿는—항공편으로는 고작 몇 시간— 거리에 있기에 그는 어느 날 아침 연대에 합류하라는 명령을 받게 되리라 희망을 늘 품고 있었다. 그러나 연대가 중동으로 간다면, 이미 영국군 병력 일부가 중동으로 향하고 있다는 말이 들려오는 상황을 감안하면 그의 운명이 곧 결정될 것 같았다. 그는 밤낮없이 이 문제에 골몰했다.

그는 상급대위로서 모든 임무를 수행했고 계급에 걸맞는 대우를 받았다. 건강은 아주 좋았다. 유능한 임무 수행을 위해서 꾸준히 운동을 해왔다. 그에겐 자만심이라고는 없었지만 자신이 대다수의 장교만큼은 훌륭하다고 믿었다. '그러나', 이 고약한 단어가 그의 낙관적인 추론의 마지막에 딸려왔다. '그러나' 그는 서른아홉이었던 일 년 전에 파병에서 제외됐고 지금은 마흔 곧 마흔 하나가 될 터다. 연대에서 그 다음으로 어린 대위가 서른 네 살이었다. 그 대위는 많은 또래들처럼 결혼해서 아이들도 있는 반면 윌리 자신은 미혼이었고 부양가족이 없었다. 이것은 반드시 고려되어야할 사안이었다.

사람들은 그를 좋아했다. 그도 그것을 알고 있었다. 동료 장교들도 그를 좋아했다. 그는 특별히 똑똑하지 않았지만 그건 동료들도 마찬가지였다. 동료들만큼 그도 임무를 잘 수행했고, 경험은 더 많았다. 몇 년 동안 군을 떠나 있었던 것은 사실이나 그 공백을 메우기 위하여 부단히 노력했고 성공했다고 생각했다. 동료들이 자기들보다 나이가 조금 더 많다고 해서 윌리가 더 쉽게 병이 날 거라고 생각할까? 의사는 그가 30세의 신체 나이에 해당되는 40세의 건강한 남자라고 보증했다. 그는 건강검진을 거뜬하게 통과했다. 군에 복귀한 이후 단 하루라도 병치레를 한 적이 없었고, 이는 누구나 그렇다고 넘길 수 있는 시시한 사안이 아니었다. '그러나', 그러나 일 년 전에 제외했던 그를 이제 와서 꼭 데려가려고 할까?

윌리는 이 문제에서 벗어날 수 없게 된 나머지 스스로 이 고뇌에서 벗어날 모종의 조치를 취하는 것이 낫겠다고 결심했다. 결심과 행동 중간에서 며칠이 지나갔다. 마침내 어느 날 밤, 저녁식사 후에 평소와 달리 포도주 한잔을 마셨다는 이유 하나만으로 이날을 선택한 그는 해밀턴과 단둘이 있게 됐다. 동료들은 극장에 간 상황, 그는 용기를 내서 그 문제를 꺼냈다.

"우리가 다시 해외에 파병된다고 하더군요." 그는 말문을 열었다.

"그래?" 해밀턴이 신문을 잡으려고 손을 뻗으면서 말했다.

"아, 저는 병력 이동에 관한 기밀 정보를 알고 싶은 건 아닙니다. 오로지 저, 메링턴 대위의 이동에 대해서만 관심이 있습니다. 우리 연대가 파병 준비를 하는지 아닌시를 알고 싶은 건 아닙니다. 제가 알고 싶은 것은, 정말 미칠 것처럼 알고 싶은 것은 연대가 간다면 저도 가게 될지 여부입니다."

해밀턴은 침묵했다.

"대령님." 윌리는 말을 이었다. "저와 지낸지가 오래됐으니 이것이 제게 어떤 의미인지 아실 겁니다. 지난 전쟁에서 참전 기회를 놓쳤고 평생 꿈꿔온 것은 오로지 연대와 함께 싸우는 것이었습니다. 그 희망을 몇 년 전 군을 떠날 때 포기했습니다. 남은 생에서 다시는 전쟁이 없을 줄 알았고 당시에는 결혼도 생각하고 있었습니다. 대령님은 제가 결혼 얘기를 한 유일한 사람이고 그것을 비밀로 해주신 점에 대해 너무도 감사히 생각하고 있습니다. 어쨌든 결혼은 성사되지 않았고 앞으로도 그럴 것 같지가 않습니다. 저는 세상에 혈혈단신이고 나이는 들었지만 팔팔합니다. 군에서 원하는 총알받이에 적격입니다. 그러니 대령님, 제발 알려주십시오. 제게 기회가 있습니까?"

해밀턴은 대답했다. "없어. 조금도 없어."

윌리는 두 손으로 얼굴을 감쌌고 해밀턴은 차분하게 말을 계속했다.

"나한테 물었으니 사실을 아는 편이 더 낫겠지. 자네 나이의 영관급 장교 아니 자네 동년배의 장교 중에서 해외 파병에 포함된 사람은 없어. 예외가 있을 진 모르지. 모든 법칙에는 예외가 있으니까. 그러나 자네에게 예외가 적용될 가능성은 없어. 운이 나쁘지만 그게 현실이야."

"압니다." 윌리는 말했다. "압니다."

그는 천천히 일어서서 그곳을 나와 잠을 자러 위층으로 올라갔다. 자신의 방으로 가는 도중에 승진 가능성에 대해서도 물어볼 걸 하는 생각이 들었다. 하지만 그는 그 답변이 무엇일지 알고 있었다.

마지막 결정타는 종종 긴 불안 끝에 안도감처럼 찾아오곤 한다. 삶은 더 이상 그에게 그 어떤 관심도 없다는 확신에도 불구하고 윌리는 최근 들어 그 어느 때보다 잠을 달게 잤다. 다음날 아침 그는 아주 비참한 기분이 들었지만 꿋꿋하게 그 슬픔을 이겨내리라 결심했다. 그리고 세계사의 순간에서 생각해야 할 윌리 메링턴의 운명보다 훨씬 더 중요한 일들이 있었다. 그리고 그의 곁에 아직 연대가 있었고 아직 펠리시티가 있었다.

며칠이 지나지 않아서 연대 이동에 관한 소문이 사실로 입증됐고 곧이어 분명한 출항 명령이 떨어졌다. 그 결과 모두가 준비를 하느라 소란이 일었다. 윌리도 다른 부대원과 마찬가지로 할 일이 많았다. 그는 일에 전념했고 멈춰서 생각하지 않으려고 모든 열의를 다했다.

퇴짜를 맞은 구혼자가 사랑하는 연인의 결혼 준비에 고용된 것처럼 그는 오로지 맡겨진 일만 생각하려고 애썼고 그 결과에 대해서는 잊으려고 노력했다. 그러나 그 결과는 너무도 일찍 나타났다. 파병대를 격려하는 행사나 송별회 같은 것은 없었다. 보안상 연대는 평시 임무를 수행하는 모습으로 파병의 기미는 전혀 보이지 않은 채 대중의 시선을 지나간 뒤 나음날 아침 아무런 흔적도 남기지 않고 홀연히 사라질 예정이었다.

윌리는 그들과 항구까지 이동했고 선박에 승선하기도 했다. 동료들과 악수를 나누면서 마지막 격려의 인사를 건넸을 때 그는 마음 속 깊숙이 기묘하고도 더없이 거북한 감정을 느꼈다. 그리고 마음이 아프다는 표현이 단순히 언어의 수사가 아니라 그 이상 다시 말해 진짜 마음이 물리적으로 부서지는 의미는 아닐까 하는 바보스러운 궁금증이 들기도 했다.

수송선

소이탄에 맞은 전차, 출처: 임페리얼 전쟁박물관

제13장

그날 저녁 그가 런던으로 돌아왔을 때 공습이 진행되고 있었다. 이제 매일 밤 공습이 있는 것 같았다. 1940년 12월이었다. 역에서 택시를 잡을 가능성이 없어서 배낭을 역에 두고 황량한 거리를 걸어서 클럽으로 향했다. 멀리서 폭음이 들려왔으나 그가 걷는 거리는 텅 빈 것처럼 조용했다. 부드러운 보슬비가 내리고 있었다.

목적지에 도착했을 때 그는 축축하게 젖었고 몹시 피곤했다. 식사를 하기엔 너무 늦은 시간이었다. 비스킷과 음료를 주문했다. 회원 몇 명이 당구를 치고 있었고 다른 몇 명이 구경을 하면서 듣기 싫은 훈수를 두고 있었다. 한 친구가 윌리와 동석하더니 경주에 대해 말했다. 그들은 함께 마셨고 한 잔을 더 마셨다.

윌리는 따뜻하고 편안한 기분을 느끼기 시작했다. 육체의 행복감이 감각에서 마음으로 퍼졌다. 그의 부대는 떠났지만 클럽에는 여전히 좋은 친구들이 있었다. 홀 포터가 다가와서 문을 닫을 시간이 가까워졌다고 알렸다. 윌리는 쓸쓸한 집을 떠올리기 싫었다. 갈만한 다른 곳은 없을까? 그가 물었다. 누군가 어딘가를 알고 있었다. 그중에서 지하 나이트클럽 한곳이 문을 연 것이 확실하다는 말이 나왔다.

그들은 또 한잔을 마셨고 세 명이 함께 갔다. 최고급 시설은 절대 아니었다. 귀에 거슬리는 음악, 값싸고 번지르르한 실내 장식, 지친 얼굴의 여자들…… 이런 것들이 윌리가 도망쳐 나오려고 했던 예리한 절망감을 도로 가져왔다. 또 한잔 마셔 봐도 침울함만 강해졌다. 여자 두 명이 그들과 합석했다. 그녀들은 윌리의 일행과 아는 사이였고 그녀들끼리는 친구였다.

윌리는 대화에 끼려고 노력했지만 무슨 얘기를 해도 과장되고 지루하게 들렸다. 호리가 있었으면 했다. 호리는 누구와도 잘 지냈다. 그는 분위기 띄우는 법을 알고 있었다. 혹시 그 두 여자가 호리를 알고 있을까? 혹시 알고 있다면 호리가 죽었기 때문에 전사했기 때문일까? 호리는 배우였지만 전장에서 죽었다. 재미있는 일이다. 윌리는 모두들 호리의 건강을 위해 건배하자며 또 한 병을 주문했다. 아니, 이제는 그의 건강을 위해 건배할 수 없으니 그와의 추억을 위해서. 너무 늦은 추모였다. 호리에 관한 얘기만으로도 서먹서먹함이 깨졌으니 신기했다.

윌리는 어느새 여자들과 잘 어울리고 있었다. 그들도 좋은 여자들이었고 마음이 통하는 것 같았다. 그는 그들과 집에 가고 싶진 않았으나 친구가 필요하긴 했다. 남자는 그런 여자들과 친구가 되지 말라는 법은 없잖은가? 그는 펠리시티를 떠올리고는 그녀가 어디에 있는지 궁금했다. 그는 알고 있었다. 그녀는 차를 몰고 런던 곳곳에서 폭격 피해가 심한 곳이면 어디든 찾아다니면서 조국을 위해 복무하고 있을 터다. 그의 연대는 배를 타고 적군의 잠수함과 항공기에 쫓기며 전장으로 향하고 있었다. 그리고 그는 여기 나이트클럽에 앉아서 직업여성들과 노닥거리며 밤을 새우고 있었다. "하지만 이건 내 잘못이 아니야." 그는 혼자 중얼거렸다. "신은 알아. 이게 내 잘못이 아니라는 걸."

윌리는 그날 하루 종일 거의 먹지 못했다. 그런 사실조차 잊고 있긴 했지만 몹시 피곤했던 터라 포도주에 금방 취했다. 그는 잠을 자야했다.

다음날 찌푸린 12월의 아침에 눈을 뜨고서 어떻게 거기까지 왔는지는 기억에 없지만 자신의 쓸쓸하고 지저분한 독신자 플랫에 있음을 깨달았을 때 그는 절망의 사다리 맨 밑에 내려와 있는 것 같았다. 한순간 자살을 생각하기도 했지만 자살은 비겁자의 행동이라는 아버지의 말이 떠올랐고 자신에게 닥친 운명이 무엇이건 간에 도망치기보다는 맞서겠다고 마음먹었다.

그는 전날 밤 자신의 행동 때문에 꺼림칙했다. 술에 취한 것은 조금도 부끄럽지 않았지만 호리에 관해 말한 것이 기억났고 그가 혹시 감상적이고 찔찔 짜는, 스스로도 경멸스럽게 생각해왔던 짓을 하지 않았는지 걱정이 됐던 것이다. 그는 그렇게 한동안 누워서 인생의 불행에 대해 생각했다. 그러고 나서 벨을 눌러 아침식사를 요청하고 펠리시티에게 전화를 걸었다.

"나야. 나 때문에 깬 거야?"

"아니야, 멍청 씨. 11시인 걸."

"간밤에 어땠어?"

"아주 고약했어."

"늦게까지 일 했어?"

"아니, 공습공보 해제가 2시 30분이었어. 오빠는 뭐했어?"

"아, 늦게까지 안 자고 있었어. 공습공보 해제 사이렌 소리를 들었는지 기억이 나지 않아."

"또 취했나 보네."

"'또'라는 말을 하는 이유를 모르겠네. 아주 드문 일이잖아. 지난밤에 취했다면 그건 그럴만한 이유가 있어서야."

"뭐, 무슨 일 있어?"

"북쪽에서 나와 같이 있던 친구들 너도 알거야. 걔네들 모두 가버렸어. 또 나를 남겨놓고."

"아, 이걸 어째!" 그녀는 소리쳤다. "어쩐지. 어쩐지. 내가 어떻게 해줄까?"

"오늘밤에 저녁식사 어때?"

"시간도 괜찮고 그렇게 할 게. 이틀 야간 비번이야. 알잖아, 이주에 한 번씩 비번 있는 거. 시골에 가서 좀 쉴까 했는데 이

맘때 그곳은 별로기든. 버클리 스퀘어의 지하 깊숙한 곳에서 저녁을 먹기로 해, 우리. 폭탄 소리 들리지 않는 곳에서 이번만은 다 잊어버리자."

"너는 천사야." 윌리는 말했다. "자살하려고 방금 전에 총을 가져오라고 했거든. 그 명령을 취소해야겠네. 8시에 봐. 지금까지 만들어진 가장 크고 시원한 마티니를 시켜놓고 기다릴게."

아침을 먹고 옷을 차려입은 윌리는 몸과 마음을 추스르고 클럽으로 향했다. 그는 간밤에 마지막 자리까지 함께 했던 동료 중 한 명을 발견하고 간절히 물었다.

"간밤에 내가 바보짓 했어?"

"평소보다 더 하진 않았어."

"어제 좀 우울해서 징징대진 않았는지 몰라서."

"아마 여자 한 명한테는 누이가 돼 달라고 부탁했던 거 같아. 다른 여자한테는 네 어머니가 생각난다고 했지 아마."

"그럴 리가 없어." 윌리는 항변했다. "난 엄마를 본 적이 없는 걸."

"아, 그러면 할머니였나. 그래도 두 여자 누구한테도 진짜 관심 있는 척 하진 않더군."

"맞아, 그건 나도 알아. 너무 피곤해서 저녁식사를 아예 하지 못했어. 그래서 머리가 띵했지만 그래도 전부 기억하고 있어. 집까지 데려다 줘서 정말 고마워."

"허, 그렇게 기억해주니 기쁘군." 친구는 말했다. "하지만 너를 집까지 데려다 주고 침대에 눕힌 건 조지야. 나는 그 가여운 아가씨들을 보살피는 게 내 의무라고 느꼈거든."

이어진 놀림이 윌리를 자극하진 않았다. 그의 변덕스러운 기분은 펠리시티와의 저녁식사 생각에 들떠 있어서 그걸 기다리는 것만으로도 그날의 나머지 시간은 행복해졌다.

그는 그날 약속 장소에 먼저 도착했다. 그는 보통 그랬다. 그는 마티니 더블을 주문하고 그것을 한 잔에 부은 뒤 같은 걸 또 시켰다. 그러고는 앉아서 기다렸다.

"안녕하세요, 윌리." 목소리가 들려왔다. 그는 반색하면서 펠리시티를 맞으러 벌떡 일어섰지만, 단번에 알아볼 수 없는 상대를 앞에 두고 멀뚱거리고만 있었다. 이윽고 그녀가 데이지 서머스라는 것을 알아챘다. 그녀가 사랑의 도피를 한 이후 만나지 못했더랬다. 그녀는 너무 많이 변한 터라 윌리는 그녀를 늦게 알아본 자신을 용서하기로 했다. 그녀는 미모를 잃었지만 굴곡과 주름이 잡힌 얼굴에도 불구하고 여전히 보기 싫은 용모는 아니었다.

"데이지, 당신을 다시 만나다니 반갑네요." 그는 말했다. "지금 누굴 기다리고 있지만 그 여자는 늘 늦어요. 잠시 앉아서 한잔 하는 건 어때요?"

"어쩜 이리도 다정하셔라." 그녀는 말했다. "당신은 늘 다정했어요." 그녀는 자리에 앉았다. "당신의 여자 친구는 갈증이 심한 가 봐요. 이렇게 차려 놓은 걸 보면요. 괜찮다면 나는 위스키 사워(위스키에 레몬 또는 라임 같은 과즙을 넣어 시큼하게 만든 청량음료—옮긴이)를 들겠어요."

"어떻게 지내요? 행복해요?"

"네, 아주 행복해요. 모두가 그리 행복하다고는 생각하지 않는데, 안 그래요? 나는 전쟁 초반부터 우편 검열국에서 일하고 있어요. 사람들은 무슨 일을 하고 있다고 느끼지만 그리 대단하진 않아요."

"그러면 혹시 남, 남편 분은?"

"어머." 그녀는 웃었다. "말장수를 말하려는 것 같네요. 그 사람과는 오래가지 않았어요. 나는 그 일이 있은 다음에 결혼했어요. 말장수는 지금 아일랜드에 살고 있는데 중립의 위치에 있어서 아주 좋다고 하더군요."

"그는 싸우기엔 너무 늙었죠." 윌리는 말했다. "그리고 그 말을 지금 내가 듣고 있어요. 부대가 나를 데려가지 않으려고 하니까."

"딱해라! 당신은 늘 부당한 대우를 받는 군요. 내가 멍청하고 시시한 못된 년이 아니었다면 당신과 결혼했을 텐데 말이에요. 그런데 당신은 아직 결혼 안 했죠, 그렇죠? 흠, 당신이 현명한 사람이기를 바라요." 그녀는 잠시 생각에 잠기듯 그를 바라보더니 이렇게 말했다. "우리 언제 저녁에 데이트해도 좋을 것 같아요."

"그러고 싶네요." 윌리는 말했지만 그것이 진심 같지가 않아서 그녀는 어깨를 으쓱하고 이렇게 말했다. "저기 내 남친이 있어요. 그럼 이만, 윌리." 그녀가 걸어간 방향에 과한 옷차림으로 문가에서 조바심을 내면서 기다리고 있는 한 젊은 신사가 있었다.

윌리는 다시 자리에 앉아서 칵테일을 비웠다. '불쌍한 데이지!' 그는 생각했다. '심성까지 나쁜 여자는 아니야. 말장수의 꼬드김에 넘어갔을 뿐이지. 우리가 결혼했더라면 어떻게 됐을까 자못 궁금해지는 걸. 데이지는 방금 전처럼 후회할 것 같아. 애들을 많이 낳았을지도 모르고. 반듯한 자손들을 세상에 내보낸다면 쓸모없단 생각이 덜할 거야. 데이지와 애기나누기에 재미있는 주제 같네. 데이트하자는 그녀의 제안에 더 호응해 줬더라면 좋았을 걸. 그녀와 함께 있는 저 어린 강아지를 자극할지 모르지만 그래도 가서 말을 해야겠어. 저 친구는 왜 군복을 입고 있지 않는 걸까?'

윌리는 데이지와 그녀의 친구가 있는 자리로 다가갔다.

"데이지." 그가 말했다. "당신은 데이트 제안을 하고선 검열국이라는 말 외에는 주소를 알려주지 않았잖아요. 내가 어떡해야 하죠? 체신공사 총재한테 전화를 걸어서 '데이지 바꿔주세요.'라고 해야죠. 당신의 결혼 후 성을 모르니까요."

"윌리, 바보 같기는." 그녀는 웃었고 그 동안 과한 옷차림의 청년이 눈에 불똥을 튀기며 윌리를 쏘아보고 있었다.

"우리는 체신공사 총재가 아니라 정보부 장관의 지휘를 받아요. 여기, 펜 좀 줘 봐."

그녀는 청년에게 말했고, 그 청년은 부루퉁하게 금 펜을 꺼냈다. 그녀는 메뉴 뒤쪽에 휘갈겨 썼다.

"여기." 그녀는 말했다. "이름, 주소 그리고 전화번호. 잃어버리지 않도록 유념해요. 그걸 사용하도록 유념하고요."

윌리가 자리로 돌아가는 동안 펠리시티가 도착했다.

"누구랑 얘기하고 있었어?" 그녀가 물었다.

"너의 옛 동창, 데이지 서머스. 데이지를 만난 적 있어?"

"없어. 그 당시에도 자주 만나지 않았는걸. 쟤가 자신의 인생
을 망친 것 같아."

"어떻게 됐는데?"

"눈 맞아서 도망쳤던 그 아일랜드 남자와는 오래가지 않았
어. 결혼을 했는지는 의문이지만 그랬던 것 같기도 하고. 아무
튼 그 다음엔 제법 괜찮은 남자랑 결혼했지만 그 역시도 잘 되
지 않아서 헤어졌대. 지금은 저 꼬맹이 아르헨티나 남자한테
얹혀 산다고 하던데."

"고약하군!"

"에이, 그야 모르지. 아마 쟤는 아주 행복할 걸."

"언제 한번 나랑 데이트하자고 약속했는걸."

"쟤 꼬드김에 넘어가지 마."

"만약에 데이지가 그러면, 펠리시티, 신경 쓰일 것 같아?"

"오빠가 그런 얘기를 숨김없이 내게 해준다면 괜찮아."

이 말에 윌리는 기분이 상했다. 펠리시티는 종종 자기도 모
른 채 그에게 상처를 주곤 했다.

"좋아." 그는 말했다. "네가 그 어마어마한 칵테일을 다 마시
고도 걸을 수 있다면 식당에 가서 문을 닫기 전에 저녁을 먹
자."

그녀는 칵테일에 대해선 아무 말도 하지 않았다. 이 또한 그를 실망시켰다. 그는 그녀를 기쁘게 또는 즐겁게 해주려고 이런저런 준비를 하지만 정작 그녀는 그것을 알아채지 못했다.

"오늘 밤은 상황이 안 좋을 것 같아. 보름달에 가깝고 구름도 없어. 오늘 비번이라 다행이야. 그런데 런던 폭격이 시작된 후로 오빠를 만난 적이 있던가?"

이것은 그녀가 먹인 세 번째 의도치 않은 한방이었다. 그녀와 만난 날들은 그의 마음에 또렷이 새겨져 있었고, 그 만남을 초조히 손꼽아 기다리던 날들도 마찬가지였다.

"당연하지. 10월에 함께 점심을 먹었고 내가 지난달 런던에 들렀을 때에도 잠깐 만났잖아."

"그랬지." 그녀는 건성으로 말했다.

그는 그 만남들을 그녀가 기억하지 못한다는 걸 알아챘다. 그때 불현 듯 떠오른 것처럼 그녀는 불쑥 말했다.

"오빠 얘기를 해 봐. 부대가 오빠를 빼고 갔다면서. 못된 놈들! 그 못된 해밀턴의 잘못이 분명해. 하지만 오빠가 아직 여기에 남아서 난 기뻐. 자기야, 내가 이기적인 걸 어째."

윌리의 서운함은 몽땅 사라졌고 영원히 잊혔다. 그는 다시 행복한 연인이 됐다. 그래서 그는 자신의 좌절에 대해 담담하게 토로했고 점점 가능성이 낮아지고 있음을 스스로도 인정하는 본토 침공의 전망에 대해 말했다. 그녀의 공감은 진심으로 그에게 위로가 되었다.

간간이 폭발음이 희미하게 들려왔고 급사장이 윌리에게 댄스

플로어^(무도장)를 갖춘 한 고급 레스토랑이 폭격을 당했다고 귓속 말로 전해주었다. 윌리는 펠리시티에게 말했다.

"오늘밤에 거기 가지 않았으니 우리가 운이 좋네. 나는 네가 좀 더 합당한 일을 했으면 좋겠어."

"오빠가 말하는 '더 합당한'은 더 안전한 걸 말하는 거잖아. 나도 그러고 싶다는 생각이 들기 시작했어. 오빠도 알다시피, 나는 그리 용감한 편이 아니야. 내가 더 용감해질 것 같지도 않고. 오히려 그 반대야. 다른 모든 것들처럼 내 용기도 점점 사라지고 있으니까."

"부대가 있는 곳 가까이에 일자리가 있다는 소식을 들었어. 네가 관심을 가질만한 일이야."

"에이 됐어." 그녀는 단번에 말했다. "런던을 떠날 순 없어. 그건 도망치는 거야. 오빠는 멍청하다고 생각하겠지만 그게 내 기분이야. 나는 옳고 그름을 판단하는 가장 좋은 안내자는 바로 우리 자신의 감정이라고 생각해. 나는 사람들이 잘못됐다고 여기는 일들을 했지만 양심의 가책을 느끼진 않아. 하지만 내가 런던을 떠난다면 평생을 그 일로 부끄러워하게 될 거야."

"네가 잘못된 일을 할 거라고 생각하지 않아." 윌리는 항변했지만 그녀는 그의 말을 듣지 않고 하고 싶은 말을 계속했다.

"그리고 난 런던을 너무 사랑해. 영국보다 런던을 더 사랑하는 것 같아. 이번 달에 내가 본 런던의 사람들—평범하고 그만 그만하고 영웅적인 서민들—얼마 안 되는 소중한 재산들을 풍비박산으로 날리고도 그걸 농담 삼아 말하고 유니언잭^(영국 국기)

을 피폭의 잔해 위에 세우는 사람들, 오빠도 그들을 봤어야 해. 게다가 이 대도시 자체를 봐. 외관은 손상되고 너무도 야위고 추하고 웅장하고 영광스럽고, 그리고 나이든 이 도시 말이야."

"알았어." 윌리는 못 미더운 듯이 말했다. "하지만 나는 시골이 더 좋아."

그녀는 그를 쳐다보다가 그가 그 시골에 있다는 것을 까맣게 잊고 있었다는 것처럼 화들짝 놀랐다. 그러더니 천천히 말했다.

"내 사랑 윌리. 나는 오빠를 조금도 다르게 생각하지 않아."

"고마워." 그는 말했다. "나는 자꾸만 내가 다른 사람이면 좋겠는 걸."

"어떤 면에서?" 그녀는 물었다.

"아, 재치 있고 멋진 사람이었으면 하고. 네가 소개해 주지 않는 네 친구들처럼."

"멋지다는 말이 나왔으니까." 그녀는 말했다. "가닛 오빠가 집에 돌아왔어. 북아프리카에서 엄청 요란한 시간을 보내고 왔나봐. 가닛 오빠는 멋진 구석이라고는 없어. 그리고 아 참, 가닛 오빠 많이 늙었더라. 난 사람들이 늙어가는 걸 견디기 힘들어, 오빠는 어때? 물론 가닛 오빠가 나보다 열다섯 살이나 많지만 그래도 내 오빠인걸. 극동의 기후 때문인가 봐. 가닛 오빠가 오빠를 많이 보고 싶어 해. 내가 전화번호 알려줄 게. 받아 적어. 잃어버리지 말고 또 데이지 번호랑 헷갈리지 마. 그랬다간 곤란해질 테니까."

그녀는 전화번호를 알려주었고 그는 수첩에 받아 적었다. 얼마 후 그들은 자리에서 일어섰다. 계단을 올라가는데 더 높이 올라가 있던 그녀가 상체를 숙이고는 그의 입술에 키스했다.

거리는 조용했고 달빛이 밝았지만 그들이 저민 가에 도착했을 때 경찰과 소방대원들이 접근로를 통제하고 있었다. 윌리는 거기에 살고 있으며 집에 가는 길이라고 설명했다. 한 경찰이 집의 번지수를 묻더니 이렇게 말했다.

"남아있는 게 별로 없을 것 같지만 직접 가서 봐도 됩니다. 차량은 진입할 수 없습니다."

그가 살던 건물 자리는 빈터가 되어 있었고, 원래는 길 맞은 편에 건물의 그림자를 드리웠을 달빛은 그저 거칠 것 없이 빛나고 있었다. 지하실이었던 자리에서 연기와 먼지가 작업 중인 사람들의 소음과 함께 위로 올라왔다. 구급차와 소방차들이 서 있었다.

"내가 도울 일이라도 있겠습니까?" 윌리는 담당자로 보이는 어떤 사람에게 물었다.

"고맙습니다만 괜찮습니다. 폭격은 한 시간 반 전에 있었습니다. 필요한 인력은 이미 충분합니다."

"저기서 살았습니다." 윌리는 빈터를 가리키고 말했다.

"오늘밤 저기 있었더라면 목숨을 잃었을 겁니다." 상대방이 말했다. 더 할 말이 없어진 윌리는 펠리시티의 차가 있는 곳으로 돌아갔다.

그는 펠리시티에게 상황을 설명했다. 그는 이 세상에서 가지고 있던 모든 것을 잃었다. 병영에 남겨둔 것은 부대와 함께 떠나버렸고 이번에는 집이 그랬다.

"이제 어떡할 거야?" 그녀는 위로와 애정이 어린 미소를 머금고 물었다.

"잠을 잘 곳이 없어." 그는 차문 옆에 서서 힘없이 말했다.

"나랑 같이 가서 자는 게 좋겠어." 그녀는 말했다. "타."

갑작스러운 사건에 멍해진데다 그녀의 말로 더 어리둥절해진 그는 조수석에 말없이 앉았고 그동안 차는 서쪽으로 속도를 높였다. 차가 멈춘 곳은 그가 아주 잘 아는 건물 입구였다.

"들어와." 그녀는 말했다. "오늘밤엔 아무도 없어. 차를 여기에 둘게. 아침에 타고 갔다가 늦지 않게 도로 가져다 놔야 해."

윌리는 이날 밤 거의 눈을 붙일 수 없었다. 잠을 자고 싶지 않았다. 펠리시티가 그의 팔에 안겨 누워있다는 것 그리고 몇 년 만에 갑자기 더없이 달콤한 단순함과 우아함으로 그녀 자신을 그에게 준 그 시간을 단 한순간도 잊고 싶지 않았다. 하지만 이것이 무엇을 의미하는 건가?

그녀는 언제나 그를 사랑한다고 말해왔다. 지금은 그를 더 그것도 다른 방식으로 사랑한다는 걸까? 그녀는 언제나 그와 결혼하기를 거부해왔다. 그런데 지금은 승낙한다는 걸까? 그러나 가장 중요한 것은 소중한 순간들이 지나고 있다는 것이었다. 그녀의 머리가 그의 어깨에 가볍게 기대어 있었다. 그녀는 아이처럼 곤히 잠들어 있었다. 그녀를 깨워선 안 된다. 지금 그녀를 향한 그의 사랑은 얼마나 부드러운가! 이 소중한 밤은 그가 잃은 모든 것을 보상해 주었다.

새벽이 오기 한참 전에 그는 아주 조용히 그녀 곁을 떠났다. 그녀는 작은 한숨과 함께 돌아눕더니 계속 잠들었다. 그녀가 깨지 않아서 그는 기뻤다. 무슨 말을 해야 할지 몰랐던 것이다. 그는 차를 가져가지 않고 걷기로 했다. 시간이 많았고 생각할 것도 많았다. 킹스 로드를 내려가는 동안 칙칙한 가로등 불빛이 희미한 아침 하늘을 배경으로 연노란색으로 변했다. 가난한 사람이 갑자기 큰 재산을 상속받고서 도저히 믿지 못하는 느낌이랄까.

혹시 소유물 일부라도 건질 수 있을까 해서 먼저 플랫이 있던 자리에 가보았다. 그런 희망은 황폐한 풍경을 한번 보는 것만으로 싹 사라졌다. 이번엔 문을 열 시간이 아니라는 것도 잊은 채 클럽으로 가려고 생각했다. 달랑 입고 있는 옷 하나가 전부인 채로 호텔의 빈 객실에 가고 싶지 않았다. 그때 불현듯 펠리시티가 준 가닛의 전화번호가 생각났다. 가닛은 평소보다 일찍 깨운다고 해서 언짢아할 사람이 아니었다. 그는 공중전화 부스로 들어가서 전화를 걸었다. 곧바로 목소리가 들려왔다.

"오즈번 대령입니다."

'역시 가닛 형답네.' 윌리는 생각했다. "'여보세요'라는 말로 시간을 낭비하지 않는 걸 보니."

"나 윌리 메링턴이야." 그는 말했다. "나 때문에 깼어?"

"아니야. 아침식사 준비하고 있었어."

"음, 내 음식도 추가로 준비해 줘. 폭격을 받았거든. 걷든 택시를 타든 최대한 빨리 갈게."

"좋아."

영국본토항공전, 폴 내시 작

공습에 의한 영국의 피폭 현장. 출처: 임페리얼 전쟁박물관

제14장

가닛의 옅은 눈동자가 윌리에게 문을 열어주면서 기쁨으로 빛났다.

"널 보게 돼서 다행이야." 그는 말했다. "내 전화번호는 펠리시티한테서 받았겠구나. 펠리시티가 깜박하고 너한테 전화번호를 알려주지 않을까봐 걱정했거든."

그때 윌리는 가닛이 펠리시티의 친오빠라는 것을 떠올렸다. 그래서 기분이 약간 얄궂기도 하고 굉장히 뿌듯하기도 했다.

"형이 이렇게 일찍 일어나는 사람인줄 몰랐네." 윌리는 말했다. 가닛이 옷을 갖춰 입은 데다 식탁에는 차와 계란, 토스트와 마멀레이드가 준비되어 있는데 가사도우미는 없는 것 같고 그가 직접 차린 게 분명해 보였던 것이다.

"그럴 수밖에 없거든." 가닛은 대답했다. "9시까지 병원에 가야하고 그 전에 봐야할 환자가 몇 명 있어. 이렇게 바쁜 건 처음이다."

"나만 빼고 다 바빠." 윌리는 씁쓸하게 말했다. "형이 왕립육군의무대에 들어간 건 정말 딱이야. 형은 이미 참전했고 지금도 매순간 국가를 위해 유용한 사람이잖아. 그런데 형보다 젊은 나는 아무짝에도 쓸모가 없네."

윌리는 몹시 배가 고팠다. 아침식사를 하는 동안 그는 가닛에게 자신의 불행에 대해 자세히 얘기했다.

가닛은 공감해주면서 귀를 기울였고 나중에 이렇게 말했다. "너 많이 피곤해 보인다. 내가 처방을 해주지. 작은 방 하나가 남아. 원하면 얼마든지 그 방에서 지내도 돼. 지금은 그 방에 가서 잠을 자도록 해. 오전 중에 나이든 아주머니가 와서 청소를 하고 설거지를 할 거야. 아주머니가 너를 방해하지 않을 거야. 내가 쪽지를 남겨놓을 거니까. 일어나면 가게들이 문을 열었을 거야. 나가서 당장 필요한 물건들을 사. 나는 아침 말고는 이 집에서 식사를 하지 않는데다 언제 어디서 나머지 끼니를 때울지는 나도 몰라. 하지만 잠은 집에서 자니까 널 보러 돌아올 거야. 지금은 서둘러 나가야 해."

펠리시티에게 전화를 하기에 너무 이른 시간이라고 생각한 윌리는 순순히 침대에 누워 점심시간이 지날 때까지 잠을 잤다. 그때는 전화하기에 너무 늦은 시간이었다.

남은 하루 동안 윌리는 필요한 물건들을 사느라 바빴다. 매 시간마다 펠리시티에게 전화를 했지만 받지 않았다. 그는 저녁을 먹고 곧장 가닛의 집으로 돌아가서 구입한 물건들을 풀었다. 그러면서 마지막으로 전화를 하는데 마침 가닛이 귀가했다.

"펠리시티한테 전화를 하고 있었어." 그는 말했다. "그런데 집 전화를 받지 않네."

"이따금씩 이틀 정도 비번인데, 대개는 집을 떠나서 쉬러 가곤 해. 휴식이 필요하니까. 그 일은 여자가 하기에 너무 힘들거든."

"맞아." 윌리는 말했다. "우리가 펠리시티를 위해서 덜 피곤하고 신경을 덜 쥐어짜는 일을 찾아봐야겠어."

"펠리시티 건강은 괜찮은 것 같아. 네가 더 피곤해 보여. 하루 종일 뭐 했냐?"

"옷 좀 샀어. 재미있을 것 같았는데 아니더라고. 미리 구입할 물건을 목록으로 만들어서 갈 걸 그랬어. 쓸데없는 물건만 잔뜩 산 것 같아. 이 멋진 실내복을 봐. 그런데 파자마랑 솔이랑 빗 사는 걸 깜박했지 뭐야."

가닛은 윌리가 측은하고 무기력한데다 이상할 정도로 어려 보인다고 생각했다.

"그러면 지금 앉아서 괜찮은 목록을 만들어 보자." 가닛은 말했다. "내가 이런 일에는 익숙하거든."

다음날은 토요일이었다. 윌리는 시골에서 친구들과 지낼 예정이었지만 펠리시티와 아무 밀도 나누지 않고 런던을 떠날 수가 없었다. 펠리시티도 그와 얘기를 하고 싶어 할 거라고 생각했다. 그녀는 그가 가닛과 함께 있는 걸 모르겠지만 그에게 전할 말을 클럽에 남겨놓을 여지는 있었다. 마침내 수화기 너머에서 그녀의 목소리를 듣게 된 것은 오후 늦게였다. 그는 막연하게 상황이 달라졌다고, 새로운 열정과 더 친밀한 애정으로 넘칠 거라고 기대했다. 그러나 그녀는 평소처럼 —쾌활하면서도 업무에 쫓기는—목소리로 말했다. 그가 가닛과 함께 지낸다고 말하자 그녀는 괜찮은 결정이라고 찬성했다. 그는 런던을 떠날 생각이지만 그녀가 만나자고 한다면 계속 있겠다고 했다.

"아니, 괜찮아." 그녀는 대답했다. "오빠가 다음에 런던에 오게 되면 그때 봐."

"언제?"

"다음 주에 전화하는 게 좋겠어."

그는 그렇게 가볍게 그녀를 떠날 수 없었다.

"펠리시티—" 그는 말했다.

"왜?"

"나는 내 집이 폭파돼서 기뻐."

"하긴, 몽땅 새로 살 기회가 생겼으니 재밌겠네. 정부에서 지원금이 나오지 않을까 싶은데. 멋진 새 양복 사는 것도 생각해 봐. 나 지금 빨리 일하러 가야 해. 안녕."

윌리는 실망했지만 그 이유를 몰랐다. 다른 뭔가를 기대했지만 그게 무엇인지도 몰랐다. 그의 집을 파괴한 폭탄이 그의 이

해럴까지 박살낸 것은 아닌지, 이 모든 것이 나중에 꿈으로 밝혀지는 건 아닌지 의심스러운 순간들이 있었다.

펠리시티를 다시 만나기까지 여러 날이 지났다. 이런저런 일들이 그들의 만남을 방해했다. 다시 만났을 때 윌리는 가능한 뜸들이지 않고 요점을 말했다.

"이제는 나랑 결혼해 줄 거야?" 그는 물었다.

"아니야, 오빠." 그녀는 대답했다. "하지 않을 거야."

"하지만 저번 밤의 일로 달라졌잖아?"

"달라져야하는 이유를 모르겠네."

"대체 나와의 결혼을 막는 게 뭐지?"

"설명하기가 너무 어려워."

"나보다 더 사랑하는 사람이 있는 거야?"

그녀는 대답하지 않았다.

"나랑 있을 때 행동하는 것처럼 다른 사람들과 있을 때도 똑같이 행동하는 거야?"

"오빠, 그렇게 꼬치꼬치 캐묻는 거 싫어. 오빠는 날 화나게 만드는데, 나는 그러고 싶지 않아. 이제 나를 더 잘 알아줬으면 해. 나를 사랑한다면 나를 이해하려고 노력해줘. 그게 어렵다는 거 나도 알아. 나는 믿음이 가지 않는 사람이니까. 제멋대로지. 기분에 좌우되고. 내가 굉장히 이기적이고 이것만으로도 나쁜 아내가 될 거야. 하지만 나는 변할 수 없고 그러고 싶지도 않아. 나를 있는 그대로 받아들이거나 아니면 헤어져."

"하지만 너한테 윤리의식이 없다는 거야?"

"없나봐. 어떤 일들이 옳고 그른지 알아. 난 이따금씩 나쁜 일을 하고 그래서 무척 속상해. 하지만 이따금씩 나는 사람들이 나쁘다고 생각하지만 내게는 그렇게 보이지 않는 일들을 하기도 해. 우리가 저번 밤에 한 일은 나쁜 게 아니야. 오빠 생각은 어때?"

"모르겠어." 윌리는 말했다. 그것은 사실이었다. 스스로 그런 질문을 한 적이 없었고 그제야 왜 그러지 않았을까 이상했다.

"난 종교를 믿지 않아." 펠리시티는 말했다. "종교가 있었다면 더 괜찮은 사람이 됐겠지. 오빠도 알다시피 엄마도 무교였어. 그렇게 양심적이고 그렇게 전통적이고 그렇게 선한 사람이 종교를 믿지 않았다니 정말 신기해."

그들은 작고한 오즈번 부인에 관한 이야기를 계속했다. 이로써 윌리는 자신이 원하는 쪽으로 더 나아가지도 못했고 목표에 더 가까워지지도 않았다. 결혼의 희망이 좌절된 그는 언제 또 사랑을 나눌 수 있을지 알고 싶었다. 그러나 그걸 그녀에게 물어볼 엄두가 나지 않았다. 그녀는 여전히 어떤 특성 다시 말해 그가 깨뜨리기 두려워하는, 차갑고 멀고 순결한 특성을 가지고 있었기 때문이다.

그들은 이 만남에서 어떤 중요한 말도 스치는 애무도 없이 헤어졌다. 다음 만남에서 윌리는 그날 밤 펠리시티의 집에 다른 사람이 있는지 물었다. 그녀는 그렇다고 대답했다. 그러면 언제 집이 또 빌 것 같은지 물었다. 그녀는 웃었다.

"불쌍한 내 남자." 그녀는 말했다. "무슨 말하는지 알아. 하지만 나는 치과 예약하듯이 날 잡아서 섹스를 할 순 없어. 무슨 일이 생길 거야. 모든 일이 잘 될 거야."

그들의 관계는 별다른 변화 없이 지속됐다. 윌리는 가구가 갖춰진 플랫을 친구로부터 여름 동안 빌리기로 했다. 이따금씩 펠리시티악의 데이트를 그곳에서 마무리하기도 했지만 그런 경우는 자주 있지 않았다. 그는 자신의 집으로 갈지 말지 그녀와의 만남을 도저히 예측하지 못했다.

가을에 윌리는 장교후보생 훈련과정(OCTC: 왕립군사학교가 있던 샌드허스트에 개설된 과정으로 1942년 올더샷의 몬스Mons Barracks로 옮김—옮긴이)의 교관으로 임명됐다. 그는 발령 소식을 접했을 때 무척 기뻤지만 결국에는 또 다른 실망이 되고 말았다. 훈련대 대대장은 윌리보다 고작 몇 살 많았지만 그 몇 년이라는 귀중한 시간은 그로 하여금 제1차 세계대전에서 두각을 나타내고 훈장을 줄줄이 타게 만들었다. 윌리는 선임제에 따라서 부대대장 직을 맡았다. 장교후보생들은 임관과 함께 참전해왔고 부상을 당하거나 의학적으로 건강을 잃은 상태가 되기도 했다. 또한 포로로 잡혔다가 탈출한 예도 있었다.

윌리는 예민하게 굴지 않기로 마음먹었다. 그는 결심을 지키려고 애썼지만 자신에게 마치 사람들이 늘 눈여겨보는 듯한 육체적 결함이 있는 것처럼 느껴졌다. 젊은 장교들이 그를 얕잡아본다는 느낌이 들었다. 전장에서 총격전을 한 번도 경험해보지 못한 늙고 처량한 재복무 장교. 이렇게 느끼면서 그는 없는 일을 상상해내고 아무도 의도하지 않은 비웃음을 찾아내기 시작했다. 의심이 많아지고 남을 믿지 않게 됐다. 비합리적인 혐오감을 느꼈을 뿐 아니라 자신의 권위를 행사하고 후임 장교들을 윽박지르는데서 즐거움을 찾았다. 그는 은연중에 평생 동안 즐겨왔던 자신의 재능 그러니까 다정함을 불러일으키는 행복한 재능을 잃어버렸다.

그는 점점 더 런던으로 갈 기회를 고대했다. 클럽에 가면 적어도 그를 잘 아는 오랜 동료들이 있고 그들의 우정에 기댈 수 있었다. 클럽에서마저 이런 기준이 변질될 거라고는 상상도 하지 않았다. 더 훌륭한 회원들은 해외에서 참전 중이거나 고국에서 열심히 일하느라 빈둥거릴 시간이 없다는 것도.

휴가를 내기가 쉽지 않았다. 일이 힘들지 않았지만, 실상은 월리가 원하는 만큼도 힘들지 않았지만 항상 자리를 지켜야 했고 장교후보생들의 복지에 교관으로서 관심을 가져야 했다. 업무가 없을 때조차 부대를 벗어나려고 하면 열의가 없는 것으로 비쳐질까봐 눈치를 봐야했다.

그렇다보니 그는 이 기간 동안 펠리시티를 전보다 자주 만나지 못했고 만남도 그리 만족스럽지 않았다. 그에게 플랫을 빌려준 친구가 돌아오는 바람에 그는 호텔에 묵어야 했다. 펠리시티는 이 호텔을 거의 찾지 않았다. 펠리시티는 다른 일자리를 구했는데 무슨 일인지에 대해서는 극도로 말을 아꼈다. 그녀는 전보다 더 시간을 빼앗기는 것 같았고 언제 시간이 나는지도 더 불확실해진 것 같았다. 그녀의 과묵함은 일에 대한 몰두와 합해져 월리를 불안하게 만들었다. 그는 예전에 비해 쉽게 동요했다.

마침내 장교후보생 훈련과정 사이에 짧은 휴식기가 찾아왔다. 덕분에 윌리가 학수고대해온 휴가를 며칠 낼 수 있었다. 즐길 수 있는 짬이 생겼을 때 사람들이 그러하듯이 그도 만반의 준비를 해두었다. 가장 좋아하는 호텔의 객실을 예약했고 극장표를 예매했으며 차를 빌렸다. 펠리시티와의 약속을 잡아놓은 것은 물론이었다. 그가 점심시간에 의기양양하게 클럽에 막 들어서는데 홀 포터가 그에게 접힌 쪽지를 가져다주었다.

"오즈번 씨가 전화로 오늘밤 메링턴 대위와의 식사 약속을 지킬 수 없어서 미안하다고 전해옴."

윌리는 쪽지를 구겨서 한쪽으로 던져버리고 침울하게 클럽 안으로 들어갔다. 모두가 알고 있다는, 적어도 홀 포터는 알고 있다는 느낌이 들었다. 그가 여자한테 바람을 맞았다고, 절대 오지 않을 누군가로부터 바이올렛(꽃말은 작은 사랑—옮긴이) 한 다발을 기다리고 있는 남자처럼 보일 거라는 걸 말이다. 그는 클럽 동료들의 반가운 얼굴들을 훑어보면서 극장표를 어떡할까 생각하다가 그 중에는 함께 공연을 보러가고 싶은 사람이 없다는 걸 깨달았다. 그때 데이지 서머스가 생각났다. 그녀의 전화번호를 아직 가지고 있어서 다행이라는 생각이 들었다. 그녀가 전화를 받자 그는 기쁘고 놀랐다.

"윌리입니다." 그는 말했다.

"윌리 메링턴?" 그녀는 물었다. "몇 년 만에 소생했나 봐요?"

"데이지, 그 정도로 오래지나진 않았습니다. 일 년 밖에 지나지 않았는걸요. 휴가차 런던에 왔어요. 나랑 데이트 어때요? 그랬다가는 우편 검열 작업이 중단될까요?"

"이런 얼빠진 아저씨를 봤나. 우편 검열부가 날 그만두게 한 게 오래 전인걸요. 지금은 나 없이도 잘 해보려고 애쓰고 있다죠. 내가 듣기로는 엉망진창이라네요."

"그래도 나랑 오늘밤 데이트 할 거죠?"

"물론이죠."

"연극 보러 갈까요?"

"볼만한 게 있다면야."

그는 표를 예약해 둔 연극명을 말했다.

"표를 구할 수 없을 걸요." 그녀는 말했다.

"구해보겠습니다. 이래봬도 내가 예전처럼 어리바리하진 않거든요. 6시 30분에 데리러 가겠습니다. 즐거운 시간이 될 겁니다."

데이지는 그날 저녁 무척 아름다워 보였다. 윌리가 기억하는 모습보다 더 아름다웠고 옷차림도 산뜻했다. 그녀는 런던에서 최고 흥행 중인 연극표를 그것도 좋은 좌석으로 구한 윌리의 능력에 감동했다. 그는 표를 3주 전에 구해놓았다고 구태여 말할 이유를 찾지 못했다. 연극 관람이 끝나고 어느 쾌적한 레스토랑에서 저녁을 먹었다. 음악과 춤이 있는 그곳에서 윌리는 친구 몇 명의 얼굴을 보았다.

펠리시티는 그런 최고급 식당 같은 곳에는 절대 가지 않으려고 했지만 윌리는 사실 그런 곳을 더 좋아했다. 그와 데이지는 함께 춤을 추었고 샴페인을 마셨다. 그는 혼잣말로 아주 즐거운 시간을 보냈다고 말했다. 그들은 나이트클럽으로 자리를 옮겼고 그가 그녀를 차로 데려다 주었을 때는 늦은 시간이었다.

"잠깐 들어와서 한 잔 하고 가요." 그녀는 말했다.

한잔의 의미가 아님을 알았던 그는 그녀의 청을 받아들였다.

그는 휴가가 끝나기 전에 펠리시티를 만났다. 그녀는 그를 바람맞힌 일에 대해 아무런 말도 하지 않았고 결국은 그가 꺼냈다. 그랬더니 그녀는 정말 미안하다면서 그날 저녁에는 도저히 그와 함께 할 수 없었다고 말했다. 그 이유에 대해서는 말하지 않았다.

"이건 그리 중요한 얘기는 아닌데." 그는 말했다. "데이지 서머스를 만나서 꽤 즐거운 시간을 보냈어."

그는 연극에 대해 레스토랑과 나이트클럽에 대해 말했다.

"걔가 오빠를 유혹했어?"

"그런 말을 하다니 아주 교활한 걸." 그는 말했다.

"내가 무슨 말을 하는지 알면서 그래."

"그걸 내가 왜 너한테 말해야 하지?"

"내가 알고 싶으니까. 날 믿어도 된다는 건 오빠가 알잖아."

"내가 너한테 얘기하기만 하면 데이지가 그런다고 해도 너는 신경 쓰지 않을 거라고 했지."

"내가 틀렸어. 신경 쓰여. 정말 유감이야."

"그런데 무슨 일이 있었는지 어떻게 안 거야?"

"어떻게 알았는지 설명할 순 없어." 그녀는 지친 한숨으로 대답했다. "하지만 알아. 나는 오빠가 나를 절대 속이지 않을 거라고 생각해. 그럴 시도조차 절대 하지 않았으면 하고."

윌리는 로사리오(니컬러스 로의 희곡에 등장하는 난봉꾼—옮긴이)가 아니라 부끄러운 짓을 하다가 들켜버린 꼬맹이처럼 비참한 기분이 들었다. 게다가 노여움으로 가득했다.

"왜 그렇게 시끄럽게 굴어?" 그는 말했다. "너는 그런 일을 조금도 중요하게 생각하지 않았고 그것이 틀렸다고 생각하지 않는 걸로 아는데."

"내가 시끄럽게 군다고?" 그녀는 물었다. "미안해. 나는 늘 말했듯이 옳고 그름에 대해서는 잘 몰라. 그리고 옳고 그름, 선과 악이 이번 일과 어떤 관련이 있는지도 몰라. 늘 느끼듯이 데이지는 오빠를 위한 여자가 아니라고 그저 느낄 뿐이지. 오빠는 데이지랑 약혼했을 때 아주 젊었고, 그때는 둘의 차이를 몰랐을 거야. 하지만 지금은 그 차이를 알아야 하잖아."

"너는 데이지를 미워하는 거야, 안 그래?"

"맙소사, 아니야! 어떻게 그런 생각을 하는 거지? 나는 걔가 자기 친구들과 자기 방식으로 행복하게 지내길 바라."

"너는 내가 데이지에게 과분하다고 생각하는 것 같아."

"아니, 그것도 아니야. 걔가 오빠보다 또 나보다 더 나은 사람일지 모르고, 그건 내가 알 바 아냐. 다만 데이지는 오빠에게 맞지 않고 오빠랑 어울리지 않는단 말이야. 난 오빠가 어울리지 않는 일을 하는 게 싫어."

"내 생각에는 네가 데이지를 질투하는 것 같아." 윌리는 부루퉁하게 말했다.

그녀는 슬프게 미소 지었다. "그런지도 모르지. 오빠가 원한다면 그렇게 생각해도 좋아."

그들은 그 어느 때보다 냉랭하게 헤어졌다. 헤어지기 직전에 윌리는 그녀 앞에 무릎을 꿇고 용서해 달라고 애원하고 싶었다. 그러나 너무 화가 나서 그렇게 하지 못했고, 그래야 하는 이유가 없다는 느낌도 강했다. 그는 언제까지 펠리시티가 자신의 변덕스러운 기분에 따라서 선심 쓰듯 그에게 베푸는 인색한 사랑에 의지해 살아갈 순 없었다. 데이지는 유쾌하고 착한 사람이었다. 그는 자기와 그녀가 어울리지 않는다는 펠리시티의 말을 이해하지 못했다. 질투하는 걸까? 그는 그렇게 생각하고 싶었으나 실상은 그렇지 않다는 걸 그도 알고 있었다.

샌드허스트 군사학교

우편검열, 출처: 임페리얼 전쟁박물관

제15장

이날 이후 윌리와 펠리시티의 관계는 덜 행복하게 됐다. 그는 여전히 런던에 올 때마다 그녀를 만나고 싶어 했지만 그들이 함께 하는 저녁은 예전만 못했다. 대화의 주제도 더 이상 같지 않았다. 펠리시티는 윌리가 예전에 얘기하기 좋아했던 군대에 관심을 가졌다. 그녀는 한 번도 접해보지 못한 남자들의 삶과 특성을 자세히 알게 됐다. 그리고 그 세세한 부분까지 정확하게 기억함으로써 윌리를 종종 깜짝 놀래 주었다. 그녀는 소령의 늘어가는 식구 아니면 중위의 연애에 진심으로 궁금해하고 물어보곤 했다.

그러나 윌리는 지금 복무 중인 동료 군인들에 대해 얘기하고 싶어 하지 않았다. 설령 얘기한다고 해도 동료 중에서 누군가가 했던 말 그리고 그 자신이 숨겨진 모욕으로 해석했던 말들을 그대로 옮기는 것에 불과했다. 과거에는 동료 장교들에 관한 그의 얘기는 재미와 애정으로 가득했었다. 지금 그의 얘기에 짙게 밴 것은 악의와 반감이었다.

"내가 오늘 아침 이 거리에서 누굴 만났게?" 그는 어느 저녁 펠리시티에게 말했다. "그 더러운 쌍놈, 해밀턴."

"오빠가 그 사람을 좋아하지 않는 건 알지만 '더러운 쌍놈'은 좀 심하지 않아?" 그녀는 대꾸했다.

"그 친구들이 가진 행운이 날 미치게 만들어. 해밀턴이 아프리카에서 부상을 입었대. 꽤 심각한 것 같더군. 몇 달 전만 해도 어깨가 박살났다고 들었거든. 그런데 오늘 그자가 팔걸이 붕대를 하고는 본드 가를 부상당한 영웅 나리 납시듯 허세 가득한 모습으로 걸어오더라고. 요즘 같은 날에 인생을 즐길만한 몇 안 되는 중립국 한 곳에 육군 무관으로 임명됐다지. 왜 나를 육군 무관으로 임명하지 못할까?"

"오빠는 외국어를 한 마디도 하지 못하니까, 아마도 그게 관련이 있는 것 같아."

"내가 듣기에 그건 조금도 문제될 것 없대. 외국인들은 야만적인 자기네 말을 못하는 사람이 있으면 그를 훨씬 더 존경하는 법이니까. 어떤 친구가 영어를 충분히 크게 말하기만 하면 누구나 이해할 수 있다고 했는데 그 말에 동감이야."

"진짜, 오빠는 가끔가다 말도 안 되는 소리를 하더라."

그들의 저녁 시간이 행복하게 끝나는 경우는 드물어졌다. 펠리시티는 자기를 안으려는 그의 두 팔을 슬며시 풀었고, 그가 키스를 원할 때는 고개를 돌려버렸다.

그는 하는 일이 행복하지 않아서 그 일에 능숙해지지 않았다. 그에겐 가르치는 재능이 없었고 자신이 가르치는 훈련 과정에 진심어린 관심도 없었다. 크리스마스 시장에 팔기 위하여 터키를 살찌우는 얘기가 화제에 올랐던 어느 가을 저녁, 그는 이렇게 말했다.

"그게 바로 우리가 여기서 하는 일이지. 멍청한 애들을 전쟁에 나가서 죽을 준비가 될 때까지 돌보니까."

윌리는 다른 사람들의 얼굴에 나타나는 비난의 표정을 보면서 고소해했고, 자신의 말 다음에 이어지는 침묵에도 신경 쓰지 않았다.

이렇다보니 그는 연말에 자신의 고용 연장이 되지 않았을 때 그리 놀라지 않았다. 그는 구직을 기다리는 늙은 장교 대기자 명단에서 다시 자신의 이름을 보게 됐다.

이제 윌리의 친구들도 그의 변화를 알아채기 시작했다. 그들이 보기에 그는 예전처럼 좋은 동료가 아니었다. 애초부터 그는 재치가 있다거나 언변이 현란한 입담꾼은 아니었지만 그의 예의바름, 언제나 상대의 얘기에 경청하는 태도, 유쾌한 미소는 그가 어디를 가든 환영받게 만들었다. 그런데 이제 그는 그리 예의바르지 않았다. 따뜻한 마음에서 나오던 그 원천이 메말라가고 있었기 때문이다. 동료들에 관한 관심도 잃어갔고 미소를 짓는 것도 점점 더 힘들어졌다. 누군가는 그것이 불행한 연애 때문이라고 생각했고 또 누군가는 그가 병들어서 아니면 술을 너무 많이 마셔서라고 생각했다. 사실 그는 절망감에 괴로워하고 있었다.

그는 다시 가넷과 함께 살기로 했다. 덕분에 다른 거처를 알아보는 수고를 덜었다. 그는 어떤 일이든 수고롭게 하는 것이 싫었고 언제고 새 직무를 얻게 될 것이기에 쓸데없는 일을 만들고 싶지 않다고 했다. 매일 아침마다 클럽에 가서 낮 시간 대부분을 거기서 딱히 하는 일 없이 보냈다. 가끔씩 경마장에 갈 때도 있었다. 그보다 더 빈번하게는 뉴스를 통해서 경마 결과를 확인했다. 그를 의사의 눈으로 지켜본 가넷은 걱정스러웠다. 그는 평범한 사람들의 눈에는 보이지 않는 증상을 포착했던 것이다.

"윌리가 걱정 돼." 그는 펠리시티에게 말했다. "자신을 망가뜨리고 있어."

"그게 무슨 소리야?" 그녀는 물었다.

"설명하기 어려워. 나처럼 극동에서 생활해보지 않은 네가 이해하기는 더 어렵고. 아무튼 그곳에선 기후가 사람을 우울하게 만든다고들 하지. 보통 쉰 살이면 은퇴를 하는데 많은 사람들이 그 전에 은퇴를 해. 시계의 큰 태엽이 망가지는 것 같은 일이 벌어지는 순간이 찾아오는 거야. 겉모습은 전과 똑같아서 (꽤 오랫동안 그렇게 보일 때가 있어서) 대부분의 사람들은 차이를 알아채지 못해. 나는 이 특별한 질병을 진단해내는 특기가 있다고 혼자 생각하는데 윌리가 최근에 그 증상을 보이는 것 같아."

"오빠, 휴, 그러면 우리가 윌리 오빠를 어떻게 도와줄 수 있어?"

"윌리의 상태는 부분적으로는 육체적 원인 때문일 수 있어. 정밀검사를 받게 며칠 동안 병원에 입원했으면 좋겠는데 윌리가 내 말을 들으려고 하질 않아. 지금의 병원들은 참전 군인들을 위한 것이라는 군. 자기가 의사나 간호사의 시간을 단 일분이라도 축내는 건 부끄러운 일이라고 말이야."

"그러니까 어떻게 도울 수 있냐고?" 그녀는 같은 질문을 되풀이했다.

"윌리가 진짜 관심을 가질만한 새로운 일 아니면 자기의 세계에서 빠져나오게 할 만한 건 무엇이든 다 좋아."

"알겠어." 그녀는 말했다. "하지만 윌리 오빠는 일자리를 구하기 어려워. 특출한 재주가 있는 것도 아니고, 군대 말고는 경력도 없고, 어쩌나."

"생각해 봐야지." 가닛은 그렇게 말하고 동생과 헤어졌다. 그는 늘 그렇듯이 시간에 쫓겼다.

런던 중심에서 가까운 거리에 부당할지는 모르지만 평판이 나쁜 지역이 있다. 윌리는 어느 날 저녁 그 지역을 걸어가고 있었다. 식욕이 없던 터라 저녁 식사 시간이 되기 전에 클럽에서 나왔고 잠이나 잘 생각이었다. 그런데 놀랍게도 유난히 평판이 좋지 않은 어느 플랫 단지에서 나오는 펠리시티를 발견했다. 윌리의 생각에 펠리시티가 그를 보고 소스라치게 놀라는 것 같았지만 지금 일하는 곳이냐고 그가 물었을 때는 그냥 웃기만 했다.

그로부터 이틀 후 저녁 비슷한 시간에 윌리는 작심하고 다시 그곳에 갔다. 또 다시 같은 건물에서 나오는 그녀와 마주쳤지만 이번에는 그녀가 놀라지 않았다. 그녀는 윌리에게 다가와서 멈춰서더니 이렇게 말했다.

"나를 염탐하러 여기 온 거구나."

그는 대답했다. "네가 저 건물에서 진짜 일하는지 보려고 온 거야."

"이런 거 말고 할 일이 없는 거야?" 그녀는 물었다.

"응, 맹세코 없어." 그는 격정적으로 대답했고 그녀의 분노는 연민으로 바뀌었다. 마치 그녀가 그의 곪은 상처를 들쑤시는 기분이 들었기 때문이다.

그녀는 그의 팔을 잡았다.

"이 술집에 들어가자, 오빠. 맥주 한잔 해."

그는 순순히 그녀의 말에 따랐고 낯선 주변을 둘러보면서 이렇게 말했다.

"지금까지 런던에 평범한 술집이 있을 거란 생각을 못 해봤어."

그 순진한 놀라움을 통하여 나이 들고 어린애 같은 윌리의 많은 부분이 전해져서 그녀는 짠한 마음이 들었다.

"오빠를 여기 데려온 건 가르침을 줄까 해서인데 그렇게까지 감동해버리면 내가 가르칠 수가 없잖아."

"고마워, 펠리시티." 그는 말했다.

"그래도 내 말 잘 들어. 오빠는 예전처럼 훌륭하지 않아."

"알아, 안다고."

"진짜 내가 성매매업소를 운영하거나 그런 곳에서 일한다고 생각한 거야?"

"내가 어떻게 그런 생각을 하겠어?"

"그러면 왜 오늘 저녁에 여기 온 거지?"

"그거야 너를 만날까 싶어서 온 거지."

"아니, 오빠도 그게 아니란 걸 알잖아. 오빠는 날 의심했어. 정확히 무엇을 의심했는지 오빠 자신도 몰랐겠지만 오빠의 마음은 온통 의심과 증오, 어둠으로 가득 차 있어. 그래서 오빠의 마음을 망가뜨리고 있다고."

"알아, 안다고."

"오빠는 아파 보여."

"나도 그런 느낌이 들어. 며칠 동안 기분이 좋지 않아."

"침대에 누워야겠어."

"어제 내내 침대에 누워 있었지만 그 지겹고 작은 방에 있으면 너무 외로워. 가닛 형은 하루 종일 밖에 있으니까."

"알았어. 내가 지금 오빠를 데려다주고 침대에 눕힐 거야. 뜨거운 음료와 아스피린도 줄 거고. 가닛 오빠가 집에 들어오면 오빠를 진찰해 보라고 할 거야. 오빠 열이 있는 거 같거든." 그녀는 그의 손목을 잡고서 말했다.

자기가 말한 대로 한 그녀는 그가 옷을 벗고 침대에 눕는 걸

도왔다. 그는 아주 고분고분했다. 그녀는 떠나기 전에 허리를 숙이고 윌리의 뜨거운 입술에 자신의 차가운 입술로 키스했고 그를 여전히 사랑한다고 속삭였다. 그리고 그가 건강을 회복하는 대로 그들 사이의 모든 것이 예전의 가장 행복했던 시간으로 돌아갈 거라고 말했다. 그의 팔은 그녀를 잠시 동안 꽉 껴안았지만 그가 한 말이라고는 "아, 이런!"이 다였다.

그녀는 집을 나서기 전에 가닛에게 남기는 쪽지를 휘갈겨 썼다. 가닛은 다음날 아침 일찍 그녀에게 전화했다.

윌리는 힘겨운 밤을 보냈다. 폐렴 증세를 보였고 고열에 시달렸다. 하지만 체력이 좋았고 심장이 튼튼한데다 합병증이나 염려할 이유는 없었다. 가닛은 실력 있는 간호사를 구해서 그를 돌보게 했다. 펠리시티가 그날 저녁에 윌리를 보러 갔을 때 간호사는 그의 방에 들어가지 않는 게 좋겠다고 설득했다. 잠을 자고 있는데 최대한 수면을 취하는 것이 필요하다고 했다. 열을 내리려고 갖은 노력을 다 했지만 효과가 없었다. 상태가 심각했다. 다음날에도 그의 병세는 호전되지 않았다. 저녁에 혼수상태에 빠진 그는 다음날 오전 일찍 숨을 거두었다.

왕립육군의무대를 주제로 한 그림, 출처: 임페리얼 전쟁박물관

포격을 받는 동안 이탈리아의 한 교도소에서 수술을 집도 중인 왕립육군의무대 소속 스위니 소령, 1943년. 출처: 임페리얼 전쟁박물관

제16장

그날 낮에 가닛은 자신이 속한 군인 클럽에 점심 식사를 하러 갔다. 밤을 꼬박 새우다시피 해서 슬프고 지친 상태였다. 과로에 시달렸고, 평소 점심으로 때우는 우유 한잔과 샌드위치 대신에 이번만큼은 한 시간의 휴식과 제대로 된 한 끼를 스스로 허락하지 않는다면 그 자신이 사망자가 될 것 같았다. 군인의 제일 중요한 임무 중 하나는 자신의 건강을 돌보는 것이라고 그는 자주 강조해왔다.

그 커다란 클럽 식당은 거의 만원이었다. 그는 한쪽 구석에 앉아 있던 한 남자와 마주쳤는데, 페낭에서 알고 지냈던 오랜 전우였다. 스코틀랜드 출신이었던 그는 준장이 되어 있었다. 가닛은 준장의 맞은편에 앉았고 이 두 노병은 불평을 함께 나누기 시작했다. 날씨 문제를 일단락 짓고 이번에는 이 세상에서 이토록 오랜 시간 일을 할 줄 알았겠느냐며 성토했다. 가닛은 이 클럽에서 점심을 먹는 것이 몇 달 만에 처음이라고, 그나마 오늘은 이러다가 쓰러질 것 같다는 기분이 들어서 오게 됐다고 설명했다.

"오늘 오전에 일찍 세상을 떠난 불쌍한 친구를 돌보느라 밤을 꼬박 새우다시피 했습니다. 병원에 출근했더니 수술이 줄줄이 잡혀 있어서 그 친구 사망증명서 작성할 시간마저 없더군요."

"환자를 진료하고 간호까지 자네가 하는 건가?" 준장이 물었다.

"아닙니다. 이번에는 저의 집에 있던 소중한 친구여서 그랬던 겁니다. 윌리 메링턴. 혹시 그 친구를 아십니까?" 가닛은 윌리의 소속 연대를 말해주었다.

"인도에서 만났던 것 같아. 훌륭한 친구였지. 참 안 됐군, 그래."

"네, 정말 안 됐습니다. 제가 장례 준비를 해야 할 것 같습니다."

"그 친구 친척한테 맡기지 그래?"

"드문 경우인데, 그 친구한테 친인척이 아무도 없습니다. 제가 평생을 알아온 친구입니다. 그 친구 아버님이 지난 전쟁에서 전사하셨는데, 저의 아버님을 그 친구의 후견인으로 지성하셨습니다. 저의 아버님도 돌아가시고 윌리는 열네 살 때부터 우리와 같이 지냈습니다. 윌리가 아는 친인척이 한 명도 없더군요."

준장은 관심을 보이면서 이런저런 질문을 하기 시작했다.

"오늘 아침에 숨졌다고 했지? 아직 사망증명서를 작성하지 않았고? 그 친구한테 일가붙이는 없고?"

가닛은 그 질문들을 다 확인해 주었고, 준장은 계속해서 전시 동안 윌리의 활동 상황, 나이와 계급에 이어서 마지막으로 이렇게 물었다.

"그 친구가 죽은 걸 아는 사람이 얼마나 되나?"

"오늘 아침에 저의 동생한테 전화로 알렸습니다. 우리 둘 다 그 친구를 무척 좋아했거든요. 간호사와 저의 집에서 일하는 가사도우미도 물론 압니다. 그런데 대체 그런 질문들을 하는 이유가 뭡니까? 깊은 관심을 가져주시는 건 고맙지만 선뜻 이해가 되지 않아서 그럽니다."

"한 가지 더 물어봄세. 그 친구가 유언장을 작성했나? 그렇다면 그게 어디에 있지? 유언집행자는 누구지?"

"네, 유언장이 있습니다. 제가 오늘 아침에 발견했습니다. 모든 걸 자신의 소속 연대 공제 기금으로 남겼더군요. 그리고 유언집행자로 지금까지 그 친구를 대리해온 법무 법인을 지정했습니다."

"오즈번." 스코틀랜드인이 심각하게 말했다. "자네는 신을 믿나?"

"믿지 않습니다." 가닛이 말했다.

"흠, 나는 믿네. 신을 믿으라는 가르침을 받으면서 자랐지. 그 믿음을 잃어본 적이 없어. 신은 거대한 미스터리고, 나는 살면서 섭리의 증거들을 많이 목격해왔지. 자네한테 지금 세 가지 요청을 할까 하네. 첫째, 메링턴의 사망증명서에 오늘 서명하지 말아주게. 둘째, 메링턴의 사망을 다른 사람들에게 알리지 말아주게. 셋째, 오늘 오후에 내 사무실로 찾아와 주게."

가닛은 따로 시간을 낼 수 없다고 하소연했다.

"사망증명서를 발부하고 장례 준비를 하는 시간은 낼 거 아닌가. 자네가 나와 알고지낸지가 오래니 내가 말을 가볍게 하지 않는다는 거 알걸세. 이건 아주 중대한 사안이라네."

스코틀랜드인의 굴린 '알⒭' 발음이 인상적이었다. 가닛은 꿈을 꾸고 있는 건가 싶으면서도 상대가 청하는 대로 하겠다고 승낙했다. 약속 시간은 5시로 정해졌다. 준장은 지갑에서 백지 명함 한 장을 꺼내더니 거기에 글을 썼다. "이게 사무실 주소야." 그는 말했다.

가닛은 명함의 주소를 읽으면서 눈썹을 치켜세웠다. "알겠습니다. 제 생각에 여기는 준장님이 가장 마지막 사무실로 택할 것 같았던 곳입니다."

"그래서 거길 택한 걸세." 준장이 말했다.

그들이 헤어지고 얼마 후에 준장은 윌리가 며칠 전에 지켜서 있던 그 악명의 건물로 들어서고 있었다. 승강기를 타고 3층까지 올라간 그는 두 개의 플랫 중에서 한 곳으로 들어갔다. 통로에 앉아 있던 한 꾀죄죄한 행색의 남자가 재빨리 일어서서 차렷 자세를 취했다.

"퍼거슨. 왕립육군의무대의 대령 한 명이 군복 차림으로 5시에 방문할 거야." 준장이 말했다. "곧바로 들여보내. 우리 둘이 있는 동안 아무런 방해도 받고 싶지 않네."

"알겠습니다." 퍼거슨이 대답했다.

준장은 커다란 책상이 놓여있는 작은 방 즉 자신의 사무실로 들어가 자리에 앉아서 벨을 눌렀다. 펠리시티가 나타났다.

"5시쯤 오즈번 대령이 나를 보러 올 거야." 그는 말했다. "대령이 여기 있는 동안 긴급한 일이 아니면 전화 연결을 하지 말게."

"오즈번 대령이요?" 그녀는 주저하면서 말했다.

"가닛 오즈번 대령. 왕립육군의무대 소속."

"제 오빠입니다."

"오즈번 씨, 그게 사실인가? 그렇단 말이지? 또 한 번 놀라운 우연이로군. 오즈번 씨, 신을 믿나?"

"모르겠습니다. 생각해 본 적이 없어요."

"생각해야할 나쁜 일들이 있지. 자네의 오빠는 나와는 오랜 친구 사이네. 말레이에서 함께 근무했지. 작전명 제트[Z]에 관한 문서를 모두 준비했나?"

"네, 준장님."

"작전명으로 더 괜찮은 명칭을 생각해 보지 않았나? 제트는 작전명 치고 멍청한 느낌이 들어서 말이야."

"생각해 보지 않았습니다."

"그러면 한번 생각해 보게. 됐네."

그녀는 방을 나갔다

가닛이 도착하자 곧 준장의 사무실로 안내되었다. 준장은 질문으로 그를 맞이했다.

"자네 여동생이 내 비서인 걸 알고 있었나?"

"펠리시티 말입니까?" 그는 깜짝 놀라서 물었다.

"나는 그냥 오즈번 씨로 알고 있었는데 자네를 오빠라고 그러더군. 그녀가 거짓말을 할 이유가 없지."

"허, 허! 오늘 참 이상한 날입니다." 가닛이 말했다.

"게다가 아직 더 남았지." 준장이 대꾸했다. "앉게."

준장은 점심 식사 자리에서 가닛이 말한 윌리의 정보를 구체적으로 확인하기 시작했다. 그런 사항들이 기록된 문서 한 장을 들고 있었다. 그 기록들이 맞는지 조목조목 확인해나갔다.

"고맙네." 그는 마지막 질문을 끝내고 말했다. "자네가 내게 중요한 정보를 줬으니 이번에는 내가 보답할 차례군.

오즈번 대령, 자네가 이미 알고 있겠지만 이 부서의 목적은 적군 기만이네. 상황에 따라서 기만 방식이 아주 정교하지. 계획 중인 군사 작전이 중요할수록 정교함도 더해지네. 적군이 우리가 의도하는 것을 모르게 해야 할 뿐 아니라 우리가 전혀 다른 것을 의도하고 있는 것으로 믿게끔 만들어야 하지. 구태여 자네에게 기밀의 중요성을 강조할 필요 없이 나와 함께 일하는 모든 사람들에게 말하는 것과 같이 비밀을 지키는 것은 한 가지 방법 밖에 없다고 하겠네. 두 가지 방법은 없어. 그 유일한 방법은 귓속말로도 살아있는 사람에게 발설하지 않는 거지. 소중한 아내한테도 세상에서 가장 믿는 사람에게도 말하지 않는 거야. 자네가 충성스럽고 믿을만하며 신중한 군인이라는 걸 알고 있어. 그렇다고 해도 자네의 도움이 필요하지 않았더라면 나는 백만 파운드를 준다 해도 지금 하려는 말을 자네에게 하지 않았을 걸세.

극히 중요한 군사 작전이 준비 단계에 있어. 이것은 적국도 아마 포착하고 있는 사실이지. 작전의 성공은 적국이 작전의 시간과 장소를 모르는가에 좌우되지. 적국이 그런 정보에 접근하지 못하도록 모든 보안조치가 취해지고 있네. 다시 말하지만 보안 조치는 이 부서의 소관이 아닐세. 적국이 정확한 정보를 입수하지 못하게 하는 건 우리의 일이 아니란 말이지. 우리의 임무는 여러 출처를 통하여 적국이 가짜 정보를 믿게끔 만드는 것이네.

오즈번 대령, 며칠 후에 한 중립국 해변으로 영국군 장교의 시신 한구가 떠내려갈 거네. 그 중립국과 적국의 관계는 우리가 바라는 만큼은 중립적이지 않아. 시신의 옷 속 가슴에 끈으로 단단히 동여맨 방수문서 그러니까 극비문서다발이 발견될 걸세. 전쟁지도(戰爭指導: 전시에 있어서의 국력 운용에 관한 지표—옮긴이)에 지극히 중요해서 특수임무와 특별 전령에 맡겨진 것임을 아무도 의심하지 않을 그런 문서 말이네. 이 문서에는 영국 참모총장이 북아프리카 주둔군 총사령관에게 보내는 비밀 서한도 포함되어 있지. 편지는 굉장히 신중한 언어로 쓰여 있긴 하나, 정보 전문가들의 눈에는 연합군이 무엇을 계획하고 있는지 정확히 드러날 만큼 내용이 분명하지. 이러한 작전의 중요성을 자네는 잘 알 걸세. 또한 작전의 성패가 전적으로 증거물의 신뢰성에 좌우될 거라는 것도 알 걸세. 문서의 진위를 입증하고 그것을 분석하는 상대방에게 계략이 작용하고 있다는 의심을 없애야 하네. 이 증거의 사실에서 가장 중요한 고리는 그 문서들이 발견될 시신 자체겠지.

자, 오즈번, 자네는 의사이니 학생시절에 실험 재료가 필요한 경우를 겪어봤을 걸세. 나는 최근에야 그런 일을 경험했네만. 아무튼 시신이 필요한 사람들은 우선적으로 자기들의 가장 먼 친척의 시신을 알아보지. 여의치 않은 사람들은 스코틀랜드 북부에서 잉글랜드 남부까지 찾아다니면서 혹시 제대로 매장된 먼 친척의 유해가 있는지 알아보러 다니지. 자네는 내가 얼마나 어려움을 겪었는지 짐작조차 못할 걸세. 옛날 시체도둑들은 이제 자기들과 거래하려는 의사를 구할 수 없는 상황이니까. 그게 아니라면 나는 그런 사람들까지 고용했을 거야. 지금까지 자네처럼 의료계에 있는 사람 그러니까 민간인으로부터 도움을 받아왔네. 우리는 빈민 정신 병원에 희망을 걸어왔지. 그러나 그 역시 만만치 않아. 오즈번, 자네도 들어봤겠지만 죽음은 평등하다고들 하지. 그러나 죽은 후에도 빈민 정신질환자의 죽음과 자연사 또는 한창 나이에 숨진 영국군 장교의 죽음 사이에 상당한 차이를 남겨놓기 마련이야. 이 차이가 극히 중요한 임무에 적합한지를 결정하게 되고."

"무슨 말을 하시는지 알겠습니다." 가넷이 끼어들었다. "메링턴의 시신을 그 목적에 사용하는데 저의 동의를 원하시는 거군요."

"잠깐만, 잠깐만 기다리게." 자신의 논지를 다 끝내지 못한 준장이 말했다. "자네는 이 작전이 얼마나 중요한지, 숱한 목숨이 달려있고 심지어 이 전쟁의 결정적인 사안에 영향을 미칠 수 있다는 걸 알걸세. 오늘 아침에도 빈민 정신질환자의 신원, 이름, 배경을 지어내야 하는 문제로 골머리를 앓고 있었네. 우리의 적들은 일하는 방식이 극도로 성실하고 철저하지. 그들은 이미 최근에 나온 영국 육군 장교 명부를 확보하고 있을 거야. 뿐만 아니라 명부가 인쇄된 이후 사망한 장교 전원의 명단을 쉽게 확보했거나 부고란에서 확인했을 거라고 확신하네. 영국군 장교의 시신이 발견됐다는 정보를 접하고 그들이 제일 먼저 취할 조치는 그런 영국군 장교가 실존했는지 여부를 알아보는 것이겠지. 장교명부에서 그런 장교의 이름을 찾아내지 못한다면 의혹이 일고, 일단 불거진 의혹들은 그 수수께끼를 제대로 해결하는 방향으로 이끌어가겠지. 우리는 그 신원 미상자에게 많은 사람들이 사용하는 이름을 붙여야해. 그래서 적들이 스미스 또는 브라운 소령을 찾아내려다가 제풀에 포기할 거라는 희망에서 말이지. 그러나 다시 말하지만 우리가 상대하는 적국은 아무리 작은 사안에서도 철두철미하게 대처하기 때문에 내 생각에는 불과 며칠이면 그쪽 징보부 책임자에게 그런 이름의 장교가 영국 육군에 복무한 적이 없다는 사실이 알려질 걸세. 그 순간부터 문서에 포함된 모든 정보는 의심의 대상이 되고 정보가치도 떨어지게 되지. 그 결과 작전은 완전히 실패할 걸세.

오늘 이 심각한 문제를 생각하느라 정신이 없는데, 자네가 제 발로 와서 내 앞에 앉더니 오늘 아침에 죽었다는 한 장교에 대한 얘기를 하지 뭔가. 아직 사망증명서를 작성하지 않았고 연고자가 없으며 나이와 경력까지 이번 임무에 완벽하게 들어맞는데다 그 시신의 처분이 자네의 관할에 있다니 말이야. 자네는 이것이 신기한 우연의 일치로 여길지 모르나, 내게는 신의 섭리로 보이네." 준장의 목소리는 감정이 실리면서 점점 잠겨갔다. "신이 손을 뻗어 도움이 절실한 인간을 도우려한다고 말일세. 그리고 신이 내게 도움을 주었듯이 이제 자네가 내게 도움을 주기를 그래서 임무를 완수할 수 있게 도와주기를 부탁하네."

그는 말을 끝냈고 두 사람은 말없이 앉아 있었다. 잠시 후에 가닛이 말했다.

"지금 제게 요구하시는 것은 아주 이상한 일입니다. 제가 긴박함을 완전히 이해하긴 하나 그래도 생각할 시간을 주십시오." 그는 말을 멈추었다. 그리고 조금 후에 다시 말했다. "우선 제가 불법을 저질러야 합니다. 메링턴의 시신을 마음대로 처분하는 것은 물론 그의 죽음을 은폐할 권리가 제겐 없습니다."

"실렌트 에님 레게스 인테르 아르마.^{(SILENT ENIM LEGES INTER}
^{ARMA, 법률은 전쟁 중에 침묵한다.)} 준장이 대답했다. "자네가 어떠한
법적인 책임도 지지 않는다는 보장을 해주지. 원한다면 서면으
로 작성해 주겠네."

그들은 이삼 분 정도 침묵했다. 이윽고 가닛은 다음과 같이
물었다.

"제가 실질적으로 무엇을 해야 합니까? 그리고 메링턴이 저
와 함께 생활하는 것을 그의 친구 대다수가 알고 있는데 그들
이 그의 소식을 물어오면 뭐라고 합니까?"

준장은 안도하는 내색이 역력했다. 이쯤에서 가닛의 마음이
올바른 방향으로 움직이고 있다고 느껴서였다.

"자네가 해야할 일은 오늘밤 메링턴의 시신 옆에 군복을 놔
두는 것일세. 세밀한 물품까지 챙겨주게. 모자나 요대는 물론
인식표를 반드시 시신 옆에 놔두게. 손목시계, 수표장 외에 메
링턴이 늘 소지하고 다니던 사소한 개인용품도 책상에 올려두
고. 오전 2시에 내 부하들이 자네 집으로 찾아갈 거야. 두 명
내지 세 명이 될 걸세. 자네는 메링턴의 방을 알려주면 돼. 그
리고 자네 방으로 가서 푹 자게. 그러나 메링턴의 꿈을 꾸게나.
밤에 메링턴이 자네를 찾아와서 아침 일찍 영국을 떠날 거라고
말하는 꿈이지. 비밀 임무를 수행해야 하는데 만약에 자기가
잘못될 경우를 대비하여 유언장을 자네한테 맡기지. 물론 그
유언장은 이미 자네가 가지고 있다고 내게 말했지. 자네가 아

침에 깨면 메링턴은 진짜 사라지고 없을 걸세. 자네는 꿈이 진짜였다고 믿게 되는 거지. 메링턴에 관한 어떤 질문을 받기까지 며칠은 걸릴 걸세. 그 동안 자네는 메링턴이 비밀 임무를 띠고 떠난다고 밤에 한 말, 유언장을 맡긴 일 그리고 다음날 아침에 그가 떠나고 없었다는 점을 스스로 반복해서 복기하게. 자네는 곧 스스로도 그것을 믿게 될 걸세. 그리고 그것이 자네가 아는 전부고, 질문을 하는 누구한테든 자네가 답해할 전부일세. 어느 날 신문에서 메링턴이 임무 수행 중에 사망했다는 기사를 읽게 될 거야. 그때 메링턴의 유언장을 법무법인에 보내게. 그러면 모든 것이 끝날 걸세."

가닛은 또 다시 몇 분 동안 말이 없었다.

"제 동생이 이번 일을 알고 있습니까?" 그는 물었다.

"오즈번 씨는 알고 있네." 준장이 말했다. "이번 작전을 준비 중이라는 걸."

"동생이 몰랐으면 합니다." 가닛이 말했다. "그러니까, 우리가 이용한다는 걸, 빌어먹을, 그러니까 우리가 사랑하는 사람들의 시신에 예를 갖추는 것은 인간 본성에서 아주 근원적인 부분이니까요. 윌리 메링턴은 저희 평생의 삶에서 형제와도 같았습니다. 윌리에 관한 일을 알게 되면 동생에게 잔인한 아픔이 될 겁니다."

준장은 심각한 표정으로 대답했다.

"이미 그 문제에 대해선 신중하게 접근하고 있으니 날 믿어도 좋아. 우리 외에 오늘 아침에 메링턴이 폐렴으로 사망한 사실을 아는 사람은 우리가 파악하는 한 세 명이 더 있네. 간호사와 가사도우미가 함구하게 만드는 최선의 방법은 이 문제를 더 이상 그들에게 말하지 않는 거야. 두 사람에게 이번 사안이 특별하다거나 흥미롭다는 인상을 주지 않아야 해. 그들에게 비밀을 요구할 경우에는 오히려 호기심을 자극할 우려가 있네. 나중에 둘 중에 누가 메링턴의 사망 소식을 신문에서 읽게 되더라도 메링턴이 임무수행 중에 사망했다는 기사를 영국정부의 역시나 이해할 수 없는 헛소리로 받아들일 걸세.

자네 동생은 사안이 다르지. 자네 동생은 더없이 믿을만한 사람이지만 비밀인줄 모르는 것을 비밀로 지킬 거라 기대할 순 없지. 동생이 이미 메링턴의 사망소식을 다른 누군가한테 말했을지 모르고, 아니더라도 그렇게 할 여지가 크네."

"제 동생한테는 묘한 구석이 있습니다." 가닛이 말했다. "자기 친구들을 마치 별도의 공간 뭐랄까 격리실에 놔두듯이 해왔습니다. 제 동생 호리가 전사한 이후 펠리시티와 윌리는 서로 알고지내는 친구들이 없었습니다. 동생이 누구한테 말했을 가능성은 없습니다. 하지만 확인해보고 그런 일이 없도록 하겠습니다. 게다가 저의 처신에 문제가 있었던 것처럼 말할 생각입니다. 다른 의사의 의견을 구하지 않고 저의 집에서 친구를 죽게 한 것과 24시간 내에 담당기관에 사망 사실을 알리지 않은 것이 의사의 직업윤리를 위반한 것이라고 말하려고 합니다. 그러니 메링턴의 사망을 언급하지 말아달라고 하면, 동생은 침묵을 지킬 겁니다."

"오즈번, 그건 마음에 들지 않는 걸." 준장이 말했다. "사안의 성격상 나는 철저한 기밀 엄수를 원하네. 아주 작은 누수로도 배는 침몰하게 되니까. 게다가 지금 이것이 보통 배가 아니잖은가! 생각해 보게. 대영제국 전체가 이 배에 타고 있네!"

가닛의 눈빛에 완고함의 먹구름이 스며들었다.

"죄송합니다." 그는 말했다. "이 모든 일이 제게는 혐오스럽습니다. 제 동생을 이번 일에 직접 관련시키는 것이 싫을 뿐입니다. 저는 동생이 메링턴과 사랑하는 사이라고 짐작한 적이 있습니다. 둘이 결혼할지 모른다는 기대를 품기도 했습니다. 어쩌면 동생의 남편이 됐을지 모르는 남자의 시신을 준장님이 이용하려고 한다는 말을 어떻게 동생한테 하겠습니까? 그건 벌받을 짓입니다."

준장은 가닛의 눈을 응시했고 거기서 고집스러움을 보았다. 그는 자신의 손목시계를 보고 이렇게 말했다.

"자네 동생한테 말하지 않겠네. 내 말 믿어도 좋아."

가닛은 한숨을 쉬고 말했다.

"그렇다면 저도 동의할 수밖에 없군요." 그는 말했다. "감정 아니 감성이 아니라면 거부할 명분이 없으니까요. 저는 감정이나 감성에 좌우된 적이 한 번도 없다고 자부합니다. 어떠한 경우든 임무가 우선입니다. 준장님은 제게 지시사항을 주셨습니다. 단순한 것들입니다. 그대로 이행하겠습니다. 그밖에 또 요청하실 일은 없습니까?"

"군복을 준비해 두게." 준장은 세부사항을 재차 확인하면서 말했다. "자잘한 개인용품도 탁자에 올려두고. 초인종이 울리면 문을 열어주게. 그리고 자네는 내가 말한 대로 꿈을 꾸고 그 꿈이 진짜라고 믿는 거야."

그들은 악수를 했고 가닛은 돌아섰다.

"한 가지 더." 준장이 말했다. "혹시 자네 군장 중에서 여분의 소령 계급장이 있나?"

"없을 것 같습니다." 가닛이 말했다.

"괜찮아. 우리 쪽에서 준비하겠네. 대위 계급이 이런 중대한 임무를 수행하는 장교로는 어울리지 않는 것 같네. 지난 전시 장교 명단에 대위로 기재되어 있더군. 그때이후 메링턴이 중요한 작전에 관여해왔다면 지금 소령이 되어 있을 걸세. 그래서 그렇게 만들 생각이네. 사소함이 이런 임무에서 굉장히 중요한 작용을 하니까."

"아, 이런. 메링턴이 그토록 원했던 진급이군요." 가닛이 말했다. "불쌍한 윌리! 참 비통한 일입니다."

"아, 작전명 하트브레이크.(Heartbreak; 비통함이라는 의미—옮긴이)" 장군이 말했다. "나쁘지 않은 명칭이 되겠군."

펠리시티는 복도에서 가닛과 마주쳤다. "내 방으로 가자." 그녀는 말했다. "차 한 잔 해."

"그거 좋지." 가닛은 말했다. "비참한 밤을 보내고 하루 종일 힘들었거든. 여기서 널 만나다니 이상해. 너는 진짜 비밀이 많은 녀석이야."

"이제 윌리 오빠에 대해 전부 말해 줘. 오늘 아침에 오빠가 그 소식을 알려줬을 때는 계속 듣고 있을 수가 없었어. 그래서 불쑥 전화를 끊은 건데 내가 매정해 보였을지 모르겠네. 지금은 들을 수 있을 것 같아. 아침에 하던 얘기 계속 해줘."

가닛은 짧은 병세의 과정을 자세히 얘기했고 중년의 건강한 남성이 급성 폐렴에 돌연사하는 것이 드문 경우는 아니라고 설명했다.

"하지만 내 생각에 윌리의 경우에는 뭔가 다른 원인도 있었어. 내가 얼마 전에 말했지. 윌리한테 뭔가 문제가 있는 것 같다고. 모든 병에서 특히 윌리의 사례에서는 환자의 의지가 큰 역할을 하거든. 노력이 필요한 순간이 있어. 그런데 이번에는 그런 노력이 없었어. 윌리의 살고자하는 욕구가 크지 않았다는 게 사망 원인 중에 하나로 보여."

"아!" 펠리시티는 갑작스러운 통증을 느끼듯이 작은 비명을 뱉었다. 그러나 다른 말은 없었다.

잠시 후에 가닛이 이렇게 물었다.

"혹시 오늘 윌리의 죽음을 누구한테 말한 적 있어?"

"아니." 그녀는 대답했다. "오늘 아무도 안 만났어. 또 내가 윌리 오빠 얘기를 할 만한 사람도 없고."

"흠, 그 얘기는 비밀로 하는 게 좋겠어." 그는 이어서 자신이 생각해낸 직업윤리 위반 혐의에 대해 말했다.

"한 마디도 하지 않을 게." 그녀는 말했다. 그러나 속으로 그런 행동이 과연 의사답지 못한 것인지 그렇더라도 가닛이 그로 인해 죄를 짓게 된 것인지 의아해하면서 이상하다는 눈빛으로 그를 쳐다보았다.

"장례식은?" 그녀가 물었다.

"아, 요크셔에 먼 친척들이 있나봐. 윌리의 변호사들이 그 친척들과 얘기 중이래. 친척들이 윌리를 그곳에 묻기를 원해. 윌리 집안의 뿌리가 그쪽에 있나봐. 나로서는 반대할 수 없고."

"윌리 오빠는 늘 내게 일가붙이라고는 한 명도 없다고 했지만 그래도 그들을 찾았다니 다행이네. 난 장례식이 싫어. 게다가 윌리 오빠도 내가 모르는 사람들 사이에서 자기 장례식에 참석하겠다고 요크셔에 가는 건 기대하지 않았을 거야."

펠리시티는 꼬치꼬치 캐묻는 성격은 아니지만, 윌리 생전에 알려져 있지 않았던 친척들이 그가 죽고 몇 시간 만에 모습을 드러냈다는 것이 이상하게 보였다.

차를 다 마신 가닛은 자리에서 일어섰다.

"잘 가, 오빠." 그녀는 말했다. "이제 내가 어디서 일하는지 알았으니 종종 들러. 언제든 차 한 잔은 대접할 테니까."

"그러지." 그는 대답했다. "너무 바쁜데도 이따금씩 외롭다는 생각이 들거든."

"아마 사람들 다 그럴 거야."

"맞아, 그럴 거 같아."

그는 떠났고, 몇 분 후에 준장이 펠리시티를 호출했다. 그녀는 메모용지와 연필을 챙겨서 준장의 사무실로 향했다.

"자네 오빠와 흥미로운 대화를 나눴네." 그는 말했다. "오빠가 말 하던가?

내가 말했었지. 나와 자네 오빠는 극동에서 만났다고. 우리 둘 다 일본의 꿍꿍이에서 뭔가를 알아챘고 신중하게 파봤지. 자네도 알다시피, 우리 정부는 세균전을 사용하려고 하지 않겠지만 그걸 우리에게 사용하려는 게 바로 일본의 수작 같았어. 그래서 나는 우리가 세균전에서 일본이 상상하는 이상의 가공할만한 무기를 숨겨두고 있다는 소문을 내기로 했어. 일본이 생물학 무기를 사용하기 전에 한 번 더 생각하게 만들려는 의도였거든.

달리 말해서 일본이 만약에 세균전의 선제공격이 먹힐 거라고 자신하는 한 언제든지 그걸 사용할 상황이었지.

그러나 나는 일본이 우리에게 더 치명적인 무기가 있다고 생각하는 한 독가스 공격을 자제할 거라고 생각했네."

펠리시티는 준장이 왜 이런 얘기를 하는지 의아했다. 그녀가 아는 준장의 방식을 따른다면 그가 자진해서 정보를 줄 때는 대개 동기를 가지고 그렇게 하고 그 정보 자체는 부정확한 것이었다. 지금 준장이 그녀를 속이려고 하는 건가? 아니면 다른 미묘한 목적이 있어서인가?

"화제를 바꿀 겸," 그는 계속해서 말했다. "작전명을 제트 아니면 하트브레이크 둘 중에 하나로 명명할 생각이야. 그 의사한테서 정보를 얻었지. 그 친구는 우리가 원하는 방식대로 정확히 처리할 거야. 사안이 진짜 긴박하다네. 세월과 물결, 우리는 이 두 요인에 의존하고 있고, 어느 한쪽도 기다려주지 않을 걸세. 시간이 촉박해. 해군은 대기 중이네. 버튼이 눌러지기만 기다리고 있지. 그리고 나는 지금 그 버튼을 누르기 직전이네. 지갑과 서류 있지. 그걸 한 번 더 확인해봐야겠네."

펠리시티는 지갑과 서류들을 가지러 자신의 사무실로 가는 동안, 준장이 만약에 그쪽에서 심어둔 의사로부터 정보를 얻었다면 그날 오후 전화상으로 이루어진 것은 아니라는 생각이 들었다. 그녀가 준장에게 오는 모든 전화를 통제하기 때문이었다. 그런데 준장은 시간이 촉박하다면서도 가넷을 불러서 작전과 별 관련이 없는 일들로 장시간 논의를 하고 그 대화를 상당히 중시하는 것이 이상했다.

그녀는 세밀하게 준비된 방수 지갑과 얇은 서류 뭉치를 가지고 준장실로 돌아갔다. 준장은 그것들을 만지기 전에 장갑을 꼈다. 그녀는 씩 웃었다.

"오즈번 씨, 내 조심성이 너무 사소하고 우습다고 생각하겠지. 그러나 신중함은 지나칠수록 현명한 법이지. 며칠 내에 이 서류들은 나만큼 신중하고 나보다 더 좋은 장비를 갖춘 신사의 손에 들어갈 걸세. 그 신사는 아마 지문 검사를 할 것이고, 자기 책상에 내 지문 사진을 올려두고 있을 걸세. 오즈번 씨, 우리가 상대하는 사람들은 아주 철저한, 아주 철두철미한 자들이네.

이건 영국참모총장이 보내는 편지군." 그는 조심스럽게 봉투에서 종이 한 장을 꺼내고는 말을 이었다. 그러고는 천천히 키득거리면서 그 종이에 적힌 글을 읽어 내려갔다.

"참모총장은 국방장관에 관한 농담을 즐겨하지. 그게 바로 진위를 가리는 보증서나 다름없을 정도니까. 그 농담만큼은 정말 일품이야."

그는 서류들을 앞에 있는 탁자에 올려두고 삼사 분 정도 생각에 골몰한 듯 아무 말이 없었다.

"이런 임무를 띠고 여정에 오른 남자라면 말이지." 그가 마침내 아주 느린 어조로 말했다. "지갑에 가장 소중한 것을 넣어둘 걸세. 결혼한 남자라면 아내와 아이들의 사진이겠지. 이 남자는 미혼이야." 그는 또 잠시 말문을 닫았다. "오즈번 씨." 그는 물었다. "연애편지를 쓸 수 있겠나?"

"네, 가능합니다." 그는 담담하게 대답했다.

"작성하게." 그는 말했다. "나는 그동안 해군성에 연락을 취하고, 작전에 관여 중인 청년들을 만나 봐야겠어. 그 친구들 이제 밤을 꼬박 새워야겠지."

그녀는 자리에서 일어섰다.

"종이 귀퉁이에 '대영제국'이라는 표시가 없고 '공무용'이라는 워터마크가 없는 편지지를 사용하게."

"알겠습니다."

"한 가지 더." 그는 머뭇거리면서 말했다. "남자가 간직하고 싶다는 생각이 들 만한 편지를 써주게."

"노력해보겠습니다." 그녀는 그렇게 말하고 자리를 떴다.

준장은 그녀가 닫고 나간 출입문을 물끄러미 쳐다보았다. 사람들을 면밀히 관찰하는 것은 그의 습관이었다. 그가 착각한 걸까? 아니면 그녀의 눈빛에서 뭔가 알아챈 느낌 또는 고마운 일을 맡게 된 사람의 기쁨 같은 것이 스쳐다는 그의 생각이 맞을까?

그 생각을 계속할 시간이 없었다. 그의 저녁 시간은 눈코 뜰 새 없이 바빴다. 우선 그의 부하이긴 하나 사무실에 출근하는 정규 부원은 아닌 두 청년과 장시간의 면담을 가졌다. 그 다음엔 해군성과 여러 정부 부처에 많은 전화를 넣고 논의를 진행했다. 시계를 본 그는 시간이 꽤 늦었음을 알고 깜짝 놀랐다. 벨을 누르자 펠리시티가 종이 한 장을 들고 들어왔다.

"미안하군. 자네를 너무 오래 붙잡아뒀어. 모든 준비는 끝났네. 내가 말한 편지를 작성했나?"

그녀는 들고 있던 편지를 건네고는 아무 말하지 않았다. 그는 먼저 장갑을 끼고 그 편지를 받아들더니 불빛에 비추면서 확대경으로 톺아보았다. 그러고는 흡족한 듯이 안경을 고쳐 쓰더니 편지를 읽기 시작했다.

사랑, 내 사랑, 곧 떠나갈 당신, 나는 그런 당신을 얼마나 사랑하는지 말한 적이 없네요. 이 마음을 당신이 영영 모르게 된다면 얼마나 슬프고 비통할까요. 하지만 이 편지가 당신에게 말할 거예요. 이 편지를 당신이 비밀 임무를 위해 떠나갈 때 가져가세요. 이 편지에 당신을 향한 내 열정과 영원한 사랑을 담아 보냅니다. 당신을 참 많이도 실망시킨 나, 그런 날 용서해 줘요. 이제는 내가 당신의 품에 안긴 시간들만을 기억해요.

당신이 띠나야한다는 걸 알기 전까지 나는 낭신을 얼마나 사랑하는지 몰랐어요. 당신이 언젠가 말했듯이 나는 언제나 나약하고 제멋대로지만, 나는 나만의 특이한 방식이 있었어요. 날 믿어줘요, 부디 날 믿어줘요. 내 마음이 진심이었음을. 우리가 다시 만나는 날, 당신은 모든 걸 이해하게 되고 어쩌면 우린 마침내 행복해질 거예요.

편지를 다 읽은 준장은 고개를 들지 않았다.

"서명은 세례명으로 해야겠군." 그는 말했다.

"생각하신 괜찮은 이름이라도 있나요?" 그녀는 물었다. 그녀의 목소리에 아릿함이 희미하게 담겨있었다.

"흔한 이름보다 특이한 것이 더 그럴 듯해 보이기도 하지. 자네의 오빠가 오늘 오후에 자네 세례명을 말해주더군. 그걸 사용했으면 하는데 싫은가? 사람들은 서명하는 방식을 통해서 그 서명에 익숙한지를 보여주곤 해. 필적 감정사들은 그 차이를 판별해내지."

"제가 '펠리시티'라고 서명하겠습니다." 그녀가 말했다.

"자네가 지금 들고 있는 펜이 이 편지를 쓴 필기도구와 일치한다면 여기서 서명하게."

그는 탁자 맞은편 의자를 가리켰다. 그녀는 앉아서 서명을 하고 편지를 그에게 돌려주었다. 편지 끝에 정갈하고 굵은 필체로 "펠리시티", 시작 부분에는 "사랑하는 윌리 오빠에게"라고 적혀 있었다.

준장은 잉크가 마르기를 기다린 뒤에 두 손으로 편지를 구기기 시작했다. 그래서 펠리시티는 그가 편지를 쓰레기통에 버리려는 줄 알았다. 그는 조심스럽게 편지를 다시 펴더니 이렇게 말했다.

"이건 남자가 여러 번 읽고 또 읽은 편지일세. 그런 흔적이 있어야 해." 그러고는 편지를 들여다보면서 계속 문질러 폈다. "이제 자네도 우리의 비밀을 눈치 챈 것 같군. 자네한테 말하지 않겠다고 자네 오빠와 약속했지. 나는 그 약속을 지켰다고 생각하네."

"하지만 오빠는 왜 제가 모르기를 바란 거죠?" 그는 물었다.

"그 친구는 자네가 아파할까봐 걱정하더군."

"제 오빠는 알아야 해요. 윌리 오빠가 이 세상에서 그 무엇보다 이것을 원했다는 걸 말이죠."

실제 민스미트 작전에서 위장된 시신(노숙자 글린더 마이클의 시신을 마틴 소령으로 위장한 시신)의 지갑에 넣어둔 가짜 약혼녀, 팸의 사진. 출처: 영국 국립 보존 기록관

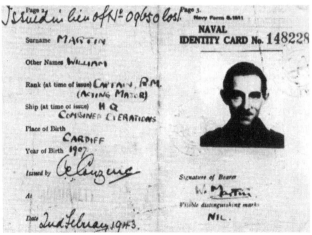

마틴 소령의 가짜 신분증에 사용된 로니 리드 대위의 사진

제17장

날이 밝지 않았지만 막 새벽빛이 보이기 직전, 잠수함이 수면으로 부상했다. 승조원들은 시원하고 청량한 공기를 마실 수 있어 감사했고, 맡은 화물을 처리할 수 있어서 더욱 감사했다. 포장이 걷혔다. 부동자세를 취한 중위가 거수경례를 하는 동안 승조원들은 군복 입은 장교의 시신을 최대한 부드럽게 수면에 내려놓았다. 미풍이 육지 쪽으로 불었고, 조류도 같은 방향으로 흐르고 있었다. 이렇게 윌리는 드디어 영관급 견장을 달고 참전했다. 뛰지 않는 심장 가까이 사랑하는 연인의 편지를 품고서.

실제 민스미트 작전에 투입된 잠수함 세라프(HMS Seraph) 함. 출처: 임페리얼 전쟁박물 관

세라프 함의 승조원들

에필로그

모든 것이 계획대로 진행되었다. 중립 국가는 중립국에 기대하는 입장에 따라서 행동했다. 정부 부처의 움직임에서 으레있기 마련인 상당한 지체 후에 해당 중립국은 영국대사에게 영국군 장교로 확인된 시신 한 구가 해안으로 밀려왔고 시신은 방수문건들을 지니고 있었는데 그들은 원 상태 그대로 보존중이라고 알렸다. 그들은 영국대사가 요청한다면 기꺼이 장례 준비를 하겠다고 했다. 그들은 물론 극도의 신중함을 기하여 문제의 문건들을 이미 열람했고, 역시 극도로 신중히 다시 밀봉하기 전에 한 장씩 사진으로 촬영해 두었다는 사실을 구태여밝히지 않았다. 그리고 그 사진들은 현재 적진에서 분석 중에있으며, 거기 포함된 거짓 정보들은 차후 전쟁사에서 가장 놀라운 성과로 기록될 작전에 지대한 영향을 미치게 된다.

이리하여 그 무더운 아침, 무관과 무관 보좌관 그리고 군종 신부가 중립국 수도에서 그 해안으로 향하게 된 것이다.

민스미트 작전에서 글린더 마이클의 시신을 잠수함까지 수송한 해군 정보 장교 찰스 첨리 (왼쪽, Charles Cholmondeley)와 이웬 몬태규(오른쪽, Ewen Montagu)가 수송차량 앞에 서 있다. 제공: 더 타임스(The Times)

민스미트작전으로가는길

옮긴이 글

1943년 4월 30일 오전 4시 30분. 스페인 남서 해안 1500 미터 지점. 잠항 중이던 영국 해군 잠수함 세라프 함이 수면으로 부상한다. 승조원들이 시신 한구를 조심스럽게 수면에 떠내려 보내고, 얼마 후 스페인 어부가 이 시신을 발견한다. 영국군 장교로 밝혀진 이 시신은 일급 기밀 문건을 지니고 있다. 중립국이었던 스페인 정부(당시 프랑코 정권은 친추축국 성향)는 신의를 저버리고 이 문건을 은밀히 촬영하여 그 사본을 독일에 넘긴다. 연합군의 공격지점을 시칠리아로 파악하고 있던 독일 정보부는 이 문건으로 그리스가 실제 목표지점이라고 수정하고 대비한다.

스페인의 움직임을 포함하여 이 모든 것이 영국 해군 정보부의 계획대로 진행된다. 이른바 민스미트 작전이다.

연합군은 계획대로 시칠리아를 공략하고, 독일군은 마지막

순간에 시칠리아 병력을 코르시카, 사르네냐 및 발칸 지역으로 이동시킨다. 민스미트 작전을 다룬 초기 저작으로 픽션에서 『작전명 하트브레이크Operation Heartbreak』, 논픽션에서 『존재한 적 없는 사나이The Man Who Never Was』(1953)가 꼽힌다. 전자는 문학적인 성취 면에서, 후자는 사실적인 디테일 면에서 호평을 얻었고 영화로도 제작되어 성공했다.

뉴질랜드 각료들과 함께 한 더프 쿠퍼(왼쪽에서 세 번째) 그 옆이(왼쪽에서 네 번째) 당시 뉴질랜드 총리였던 피터 프레이저(1941년), 뉴질랜드 국립도서관 제공

1950년에 나온 소설 『작전명 하트브레이크』는 사실 출간이 무산될 위기에 있었다. 영국 정부는 이 책의 출간을 막으려고 했다. 스페인과의 관계 악화를 우려한 외교상의 문제, 기밀 정

보가 누설될지 모르는 안보상의 문제 때문이라고 알려져 있다. 그러나 영국의 정치인이자 외교관이었던 작가 더프 쿠퍼는 이 책이 허구적 상상력으로 집필된 소설임을 강조하면서 출간 금지 시도에 반발했다. 쿠퍼는 출간을 강행했다.

사실 소설 『자전명 하트브레이크』는 민스미트 작전의 초반부를 다루지만 이 역시도 인명, 지명, 전개 과정까지 작전의 세부 세항과 달리 하거나 문제될 만한 정보는 플롯을 손상하지 않는 한 최대한 신중하게 처리했다. 무엇보다 그의 말대로 실화를 바탕으로 상상력을 가미한 문학 작품이다. 게다가 종전 후 5년이 지난 시점에서 여전히 프랑코 체제였던 스페인과 관계 악화를 운운하는 건 별의미가 없어 보였다.

기밀 보안 문제에선 더더욱 할 말이 많았다. 민스미트 작전의 매력에 빠진 윈스턴 처칠이 저녁 식사를 끝내고 매일 밤 좌중을 향해 이 작전에 관한 얘기를 즐겨하곤 했다는 일설은 꽤 알려져 있다. 또 다른 저서 『민스미트 작전』(2010)의 저자 벤 매킨타이어는 처칠은 되고 쿠퍼는 안 되는 이유가 뭐냐고 반문하기도 했다. 그래도 행여 작은 문제의 소지도 없애고 싶었는지 쿠퍼는 "이야기(Story)"라는 가제까지 붙였다.

출간 직후 소설에 관한 평가는 엇갈렸다. 사실적인 디테일을 원하고 사료적으로 접근한(이 작전의 공식적인 자료 공개는 1996년에야 허가됐다고 한다) 독자는 혹평했고 허구의 상상력을 문학적으로 접근한 독자는 호평했다. 이런 상반된 평가는 출간 70년이 지난 지금에도 이 책을 선택하는 참고점이 될 만하다. 이 소설은 두 달여 동안 4만부가 팔리는 괜찮은 성적표를 받았다.

무엇보다 이 책의 출간으로 쉬쉬하던 분위기가 반전됐다. 이번에는 소설이 아닌 사실적인 디테일에 입각한 저서의 필요성을 부채질했다. 이것은 민스미트 작전을 입안하고 주도했던 영국 해군 정보 장교 이웬 몬태규에게 압박감으로 작용했다고 한다. 결국 그는 『존재한 적 없는 사나이』를 출간하고 역시 성공한다. 이렇게 픽션과 논픽션으로 세상에 나온 민스미트 작전은 이후 다방면에서 많은 영감을 주고 있다.

출처: 20th Century Fox

작가 쿠퍼가 말하고 싶었던 "이야기"는 무엇이었을까? 단순히 출간을 위한 기만작전의 연장이었을까 아니면 진심으로 풀어내고 싶은 이야기가 있었던 걸까?

한 남자가 두 번의 세계대전 사이를 걸어간다. 이 전간기의 여정에서 그는 친구를 만나고 연인을 만난다. 그들은 당연히 전쟁보다 평화를 원한다. 그러나 그는 죄의식 속에서 전쟁을 원한다. 생애 처음 맞이한 세계대전, 그는 너무 어렸다. 그래서 그토록 열망했던 참전의 기회를 얻지 못했는지 모른다. 그리고 이 남자에겐 뜻밖의 기회와도 같았던 2차 세계대전, 그는 어느새 늙어 있다. 이번에도 열망했던 참전의 기회를 얻지 못한다. 전쟁광도 호전주의자도 아닌 그는 왜 그토록 참전을 간망한 것일까?

그에게 좌절과 상처를 안긴 것은 군대뿐이 아니다. 그가 일생 동안 군대 외에 많은 것을 바쳤던 또 하나, 그것은 펠리시티와의 사랑이다. 그 사랑마저 그를 절망으로 이끌어간다. 삶의 의지를 잃은 그는 허무한 죽음을 맞는다. 그리고 이 남자에게 찾아온 마지막 반전. 그는 죽어서 열망했던 참전과 사랑을 이룬다. 시체가 되어 참전했고 뛰지 않는 심장으로 진실한 사랑을 얻는다.

작가 쿠퍼의 말이 맞는 것 같다. 그는 이 소설을 통하여 사랑을 말하고 싶었노라 밝힌 적이 있다. 전쟁의 시대를 걸어간 반듯하고 특출나지는 않아도 성실한 남자, 윌리 메링턴의 러브 스토리.

전쟁 영웅과는 거리가 먼 평범한 한 남자의 꿈과 좌절을 통해 이 소설이 보여주는 것은 두 번의 세계대전을 관통하는 시대상이고 청춘들의 자화상이다.

2022년 5월
정탄

세간에 큰 화제를 모았던 더프 쿠퍼와 레이디 다이애나 매너스(Lady Diana Manners)
의 결혼식 장면(1919년)

작전명 하트브레이크

발 행 | 2022년 5월 20일
저 자 | 더프 쿠퍼
역 자 | 정탄
펴낸이 | 정진영
펴낸곳 | 아라한

출판사등록 | 2010년 7월 29일 제396—2010—000096호

주 소 | 경기도 고양시 일산동구 중산동
전 화 | 070—7136—7477
팩 스 | 0504—007—7477
이메일 | arahanbook@naver.com

ISBN | 979-11-91723-77-9   03840